◇◇メディアワークス文庫

異常心理犯罪捜査官・氷膳莉花

剝皮の獣

久住四季

目　次

CHARACTERS 登場人物

異常心理犯罪捜査官・氷膳莉花　剝皮の獣

氷膳莉花（ひぜん りか）

警視庁奥多摩署の新米刑事。どんなことにも動じないため、付いたあだ名は「雪女」。事件解決のためにとった過去の問題行動により、同僚からは疎まれている。

阿良谷静（あらや しずか）

未決死刑囚。若くして名を成した天才的な犯罪心理学者であったが、一方で数々の犯罪を計画。その頭にはあらゆる事件のデータが収まっているとされる。

仙波和馬（せんば かずま）

警視庁捜査一課の警部補。殺人犯捜査第四係、仙波班を率いる。数々の現場を踏んだ百戦錬磨の猛者。莉花とは過去の事件解決の際に縁があり、気にかけている。

プロローグ

人間の顔の皮をうまく剝ぐにはコツが要る。それがわかってきたのは、大体三人目を殺した辺りからだった。

最初はいまいち勝手がわからず、特に理由もなく首を切ったり、邪魔になりそうな髪の毛を刈ったりしていた。が、これらはすぐに失敗だとわかった。首を切断した頭部はごろごろと転がってしまい、かえって作業がやりにくくなる。髪を刈っても、ただ辺りが散らかるだけで何の意味もなかった。

正しいやり方はこうだ。

まず鼻や耳といった、邪魔な出っ張りを削ぐ。それから仰向けにし、顔を横に向ける。刃を入れるのは、あごと喉の間のやわらかい部分だ。口内に貫通するまで突き入れ、そこから上に向かって、耳の後ろを通過するコースで皮膚を切り進めていく。真皮はもちろん、その下の表情筋や腱膜までしっかり断ち切ることが大事だ。頭頂部まで切り終わったら顔を逆に向け、反対側も同じようにする。最後に、あごと喉の間に指を入れて引っ張り上げながら、魚を下ろす要領で骨との間に刃を入れていけば、顔の皮を綺麗に一枚で剥ぐことができる。

ただ血や皮下脂肪、その他の体液が混じり合った独特の臭いには、未だに慣れることができなかった。ぬるぬるとした感触も水垢のようで不快だ。いくら数をこなしたところで、これぱかりはどうしようもないらしい。

嘆息しながら、死体に視線を戻す。

残った後頭部の頭皮は、中央から背筋まで刃を入れ、二つに分けて剥いでいく。これはせいぜい五、六分もあれば事足りた。その延長上にある首の皮も一緒に剥いでしまう。その後は胴体だ。まずは上半身——胸から始まり、腕、腹……すべて合わせて一時間といったところだろうか。死んだ人間は出血こそ少ないが、うっかり臓器を床にぶちまけたりすれば収拾がつかなくなってしまう。丁寧にやらなくては。ただその一方で、あまりぐずぐずしてもいられなかった。すでに日が落ちつつある。もし夜になれば、辺りは完全に闇に呑まれ、作業を続けるのは不可能になってしまう。

臭いにむせ返り、感触に鳥肌を立てながらも作業を再開する。まずは着ている服を脱がさなくては、と考えたそのときだ。

背後から、かたん、と小さな音がした。

「………」

埃っぽい小屋の中、顔を上げて振り返る。

気のせいか――そう思ったものの、耳を澄ませると、暗がりの向こうから何者かのかすかな息遣いと、身動きする衣擦れの気配が感じられた。

どうやら小屋の反対側に、壁に遮られた空間があるらしい。

立ち上がる。刃を手にしたまま、ゆっくりそちらに近づき、柱の陰から覗き込む。すると――。

一人の少女がうずくまっていた。

こちらを見上げる目は濡れ、口元は小刻みに戦慄いている。その尻の下には、かすかに臭気の立つ液体が広がっていた。

おそらく自分が来る前から、ここに入り込んで隠れていたのだろう。しかし、いよいよ催すものをこらえ切れなくなってしまったらしい。

ああ……見られてしまったか。可哀想に。怖かっただろうに。小さく嘆息する。

しかしこうなってしまった以上、自分が取るべき行動は一つしかない。

少女が、およそ意味を成さない何事かを叫ぶ。

手の中の刃から、血と脂肪の混じり合った粘液が、ねとり、と床に落ちた。

第一話「黒い廃屋」

1.

　そういえば今日の昼過ぎ、気象庁が関東の梅雨入りを発表したらしい。ふとそんなニュースを思い出したのは、車から降りた途端、山間部特有のじっとりとまとわりつくような湿気を肌に感じたからだ。これからまたひと月余り、広がる髪を直すのが大変な朝が続くのかと思うと、早くも億劫になってしまう。

「お待たせしました、宇喜さん」

　現場の検分に到着した私がそう声をかけると、山道の路肩に停めた軽トラックの前で、宇喜洋司はきょとんとした顔をしてみせた。

「ありゃ、氷膳さん。ひょっとして今日お休みだった？」

　私の服装がこれまでの濃紺の制服ではなく、薄手のブラウスにジャケットだったからだろう。けれど今日は非番ではない。今はこれが私の仕事着なのだ。表情を変えずに、私は言った。

「いえ。実は三月に、地域課から刑事課へ異動になったので」

「え、刑事課？　ってことは氷膳さん、刑事になったの？」

「はい。すみません、なかなかご報告する機会がなくて」

　寝耳に水の知らせに、へえー、と目を丸くしていた宇喜は、けれどすぐに腕を組んで快活に笑った。

「ははあ、けどなんか不思議とそれらしく見えるわ。そもそも氷膳さん、お巡りさんの恰好全然似合ってなかったし！」

　そんな宇喜の砕けた感想に、私は内心で苦笑するような気持ちになった。刑事への復帰は、私にとってまさに念願叶ってのことだったけれど、これまで周囲の誰からも歓迎されてはいなかった。だからどんな形であれポジティブな反応をもらえるのは、正直嬉しかった。

「ああ、けどそれならこんなことでわざわざ呼びつけちゃ悪かったか。いろいろ忙しいんでしょ、刑事って？」

「いえ、構いません。今は事件らしい事件もありませんし」

　それに、と内心で独り言ちる。今の刑事部屋では、私はさしずめ村八分ですから、とはさすがに口に出せなかった。気を取り直して訊く。

「それで、その不審車輛というのはどこに？」

「ああ、こっちこっち」

　宇喜の先導で、私たちは道路の脇から延びた、舗装されていない砂利道へと入った。山林に深く分け入っていく細道で、左右には背の高い緑が繁茂し、すでに傾きつつあるはずの日差しを遮っている。

「その車は、宇喜さんが見つけたんですか？」

　三十代の宇喜は農業を営んでおり、畑やハウスで育てた作物を、地元のスーパーや給食センターに卸している。短髪に薄く無精ひげを生やし、今日も農作業だったらしく、ヘリンボーンのツナギを着てゴム長靴を履いていた。けれど、この近辺に宇喜の立ち寄り先はないはずだ。こんなところに停められた車をどうして見つけられたのだろうか。そう内心で首をかしげる私に、宇喜はあっさりと言った。

「いんや？　見つけたのは安藤のばあちゃん」

　知人の名前が出てきて、私は瞬きした。

「紀代乃さんが？」

「そう。あの人、朝この辺を散歩するのが日課だから。——あ、ほらあれだ」

　宇喜が前方を指差す。すると、たしかに砂利道に一台のコンパクトカーが停まっていた。というより、半ばカーブ外側の膨らみに突っ込んでいる。そばに近寄ってみると、イエローのフォルクスワーゲン・ゴルフだった。この辺りではあまり見かけない車で、実際ナンバーも『多摩』ではなく『世田谷』だ。

私はウィンドウから車内を覗き込みながら、

「この車、いつからここに？」

「あー、たしかばあちゃんは一昨日って言ってたかな。その前日までは見なかったってさ」

「一昨日というと、六月六日の日曜ですね」

「だね。まあ人通りなんてそもそもゼロだし、通行の邪魔になってるわけでもないんだけどさ。乗ってきた人に何かあっちゃまずいでしょ？」

たしかに、山道の先には神社や仏堂、鍾乳洞などがあり、開けた場所には集落も形成されている。けれど、こんなところに車を停めてわざわざ徒歩で行くとは思えない。この近くの登山口に無届けで入って、そのまま遭難したのだろうか。あるいは自殺志願者か。いずれにしろ、何らかの事件や事故に巻き込まれた可能性はおおいにある。

「………」

ただ私はそれ以上に、ここに車が停められた日時のほうが気になっていた。

なぜならそれは、先日都内で発生したある事件と、タイミングが綺麗に合致しているからだ。もちろんまだそうと決まったわけではないけれど、もし私の直感が正しければ、ここに車を乗り捨てていったのは……。

とはいえ、今この場で確実に言えることが一つある。

それは、私がこの件を署に持ち帰れば、刑事課の同僚たちからはまたぞろいい顔をされないだろう、ということだ。

その問題に関しては、梅雨の湿気以上に今から頭が痛かった。

2.

東京都・西多摩郡奥多摩町。

都心から遠く離れた山あいのこの町に、私が交番勤務の警察官として異動してきたのは、もう一年以上も前のことになる。

以前、警視庁江東署の刑事課にいた私は、管内で発生した、ある連続猟奇殺人事件の捜査に加わっていた。複雑な経緯をたどりながら事件はなんとか解決を見たものの、その過程で私は、単独捜査、捜査資料漏洩、謹慎無視といったいくつかの服務規程違反を犯し、この奥多摩町へ異動となったのだった。

もちろん本来なら依願退職するのが筋だったのかもしれない。それが正しい責任の取り方であることは私も承知していた。何より、そうしたほうがずっと楽だっただろうということも。

けれど。

今の私には、どうしても警察官を続けたい理由がある。正確には、あの事件の捜査を経て、やっとそれに気づくことができたのだ。

正義感でも功名心でもない、どこまでも個人的で勝手な理由だけれど——だからこそ、たとえ周囲から誹られることになったとしても、取れる手をすべて取って警察に残る道を私は選んだ。

……もう一度、少しでも多くの事件の捜査に加われる刑事になるために、今はこの町で一つでも多くの成果を挙げよう。

私は、そう心に決めていた。


翌、六月九日。

梅雨らしい灰色の雲が空に立ち込める中、私は午前七時過ぎに署へと出勤した。

緑の山々を望めるJR青梅線の終点——奥多摩駅。その駅前通りはやや閑散としているものの、それでもバスの停留所やタクシー乗り場、町役場、銀行などが集まっている。

私の勤務先である警視庁奥多摩署もこの一角にある。古ぼけて寂れた、三階建ての小さな庁舎だ。

誰も出勤していない刑事部屋をまず軽く掃き掃除する。そして、電気ケトルで湯を沸かす。やがて八時前ぐらいから、一回り以上年上の同僚たちがぽつぽつと出勤してくる。

「おはようございます」

けれど、私が挨拶をしても誰からも返事はもらえない。それについては私も半ばあきらめている。とはいえ、これでも状況はかなりましになったほうだ。一年前、奥多摩署の地域課にやってきたばかりの頃は、

——警察官の恥さらしが。

——さっさと辞めちまえ。

迷惑そうな顔の同僚に、聞こえよがしにそう言われたことも一度や二度ではなかったのだから。

よく警察は身内に甘いと言われる。それは一面の真実ではあるけれど、大抵の警察官(特に現場の)は、規程や規則に強迫的なぐらい厳格だ。不正はもちろん、あくびをしただけでもSNSで叩(たた)かれて株を下げられる昨今、警察官は、犯罪者はもちろん市民相手にも気を張らざるを得ない。だからルールを破った者に対しては、基本、徹底的に白い目を向ける。自分たちは真面目にやっているのに、お前のせいで悪く言われるんだ、ふざけるな——というわけだ。服務規程違反で飛ばされてきた、絵に描いたような規則破りの私に、同僚の反応が冷たいのは当然のことと言えた。

加えて、きっと私自身の性質もマイナスに働いたと思う。私は幼少時に巻き込まれたある事件の影響で、どんなときでもほとんど感情に揺れが起こらず、また表情も変わらない。夏でもほとんど日焼けしない生白い容姿も相まってか、〝雪女〟という不名誉なあだ名まで頂戴するはめになったその性質は、はたから見れば、「左遷されてきたくせに愛想もなく開き直っている」と取られてもおかしくない。それはかちんと来るし、不快にもなるだろう（ちなみに奥多摩署にも、どこからか私のあだ名はしっかり伝わっていた）。

そんな現状が、まったく辛くないと言えば嘘になる。ただ自分がしでかしたのはそれだけ重大なことだったという自覚はあったし――またおかしな話ではあるけれど、私は心の底で、ほんの少しだけ喜ばしいことだとも感じていた。

奥多摩町は広大な土地のほとんどが深い山林で、人口もわずか五千人に満たない、有体に言ってかなりの田舎だ。なので、そもそも事件事故の認知件数がゼロの日も多い。ほとんどの住民にとって、警察署は運転免許証の更新に訪れる場所でしかないはずだ。

それでも現場の警察官は、己の職務に誇りと、何より意地を持っている。私への風当たりのキツさは、その矜持の裏返しであり、それは私にとって間違いなく尊敬すべきことだからだ。

「失礼します」

だから私はいつものように、無視を貫く先輩刑事たちのデスクにも湯気を立てる湯呑みを置いた。

八時半頃に課長が出勤してきて、申し送りを兼ねた朝礼が始まる。とはいえ今のところ喫緊の事案はないので、今日もすぐに解散し、それぞれの仕事に戻るだけのはずだった。

けれど、私は息をついて心を整えてから、

「——小此木(おこのぎ)課長。一つ、ご報告が」

と、小さく手を挙げた。

末席からの私の声に、同僚全員がこちらを振り返った。奥多摩署はかなりの小規模署なので、刑事課員も全員で八人しかいない。私を除いたその七人全員が、まさか私が発言するとは思わなかったのだろう、意表を突かれた顔になっていた。

ややあってから、

「……なに、いきなり」

口をきくことすら嫌そうに眉をひそめる課長に、私は言った。

「昨日、住民から不審車輌の相談を受けました」

「不審車輌？」

「はい。日原街道(にっぱらかいどう)の脇道に見慣れない車が放置されているとのことなので、現場の検分に行ってきました。対象車輌はフォルクスワーゲン・ゴルフで、カラーはイエロー。ナンバーは世田谷。車内はもちろん、周囲にも運転者の姿はありませんでした」

「おい、それがどうしたってんだ。違法駐車ならさっさと交通課に回せばいいだろうが」

そう言い捨てたのは、隣の席の神崎隆平という先輩巡査部長だった。もちろんその指摘は私も心得ている。私が他部署の職域を侵せば、事態がより面倒になることも。私は努めて平静な声音で言った。

「交通課にはもう回しておきました。今日、改めて対象車輌を現認するそうです」

返事が来る前に、課長に向かって続ける。

「ただ、住民が車輌を発見したのは三日前のことだそうです。ですから、先日発生した池袋の強盗殺人事件と関係している可能性もあるのでは、と思ったので」

「なに？」

今から四日前——六月五日の午後九時頃のことだ。

豊島区池袋三丁目の住宅街にて、同所在住の不動産オーナーである六十五歳女性、田辺恭子が腹部を刃物で刺されて倒れているところを、帰宅途中の男性会社員が発見し、通報。田辺恭子は病院に搬送されたものの、出血性ショックで死亡した。翌日、捜査員が近くのコンビニの防犯カメラを調べたところ、田辺恭子のバッグを手に逃走する二十代後半から三十代前半とおぼしき二人組の男性が映っており、目下彼らを重要参考人として捜索している旨が、池袋署の捜査本部から各署へ通知されていた。

「ちょっとこっち来て。他の者はさっさと仕事に取りかかるように」

課長が私だけを呼んだ。同僚の誰かが舌打ちする。私は聞こえない振りをして、課長のデスクに向かった。

「……君ね、報告もなく、なに一人で勝手に動いてるの。そもそも住民からの相談？どうして君のところにそんなものが来るわけ」

小此木貢（みつぐ）刑事課長は五十四歳で、階級は警部補だ。恰幅（かっぷく）のいい体型を開襟シャツとスラックスに押し込んだ、いかにも管理職といった風情の人である。

奥多摩署員は全員が職務に誇りと意地を持っていて、私への風当たりが強いのはその裏返し——そう信じているけれど、それでも小此木課長は、厄介者の私に対して、面倒臭い、という気持ちが先行しているとずっと感じていた。

「交番勤務のときに、名刺を渡していたからです」

奥多摩町は広く、住民が最寄りの交番へ気軽に相談に行くのが難しい。だからもし何かあったときのためにと、住民にはなるべく連絡先の書かれた名刺を渡すようにしていた。そうしておけば、いざというとき事件認知の窓口になり、自分も事件を踏んで成果を挙げる足がかりになる——そんな打算もあった。

余計なことを、と言わんばかりに小此木課長は顔をしかめ、

「……で？　ひょっとしてその不審車輛は、池袋の強殺犯が奥多摩まで乗って逃げてきたものだとでも言いたいの」

「まだ断言はしかねますけど」

「根拠は」

「事件発生と車輛放置のタイミングが、あまりにもできすぎているように感じるからです」

「要するにそれ、ただの君の感想でしょ」

そう言われると否定はできない。けれど、

「ですけど先日、この件で署長から訓示があったばかりですし」

私がそう返すと、課長はますます深く眉間にしわを刻んだ。

――我が署も一同、常在戦場の心構えで職務に当たるように。

署長がそう挨拶していたのは、一昨日の全体朝礼でのことだ。ただそのとき署員の間には、どこか他人事（ひとごと）といった空気が流れていた。奥多摩町は都心からはるか遠い山の中なので、さすがに無理からぬところではあるけれど。

それでも、小此木課長は長い物には巻かれるタイプの人だ。私の取って付けたような発言に、心にもないことを、と言いたげだったけれど、そうすると署長の言葉に逆らう

ことになる。忌々しげに頬杖をつき、

「……だったら？　まさか不審人物の聞き込みをするべきだとでも？」

と、私をにらんだ。

正直に言えば、はい、と答えたかった。

もちろんこの場合、交通課の照会結果を待って、車輛に不審な点が確認でき次第、刑事課も動く——それが正しい捜査手順であることは承知している。憶測に基づいてあちこちが勝手に動けば、捜査に余計な混乱が生じかねないからだ。けれど車輛を放置したのが本当に池袋の強盗殺人犯だった場合、先んじて動き出せば、犯人の足取りを拾える可能性はより高まる。私は、その可能性に賭けたかった。

それでも、四面楚歌のこの状況でそんなことを言い出せば、周囲の猛反発は必至だろう。

肯定も否定もできないまま無言で立ち尽くす私に向かって、

「……署長の訓示を心に留め、即応可能な状態で待機するように。以上」

課長はあしらうようにそう告げた。

「……わかりました」

心の裡で息をつく。もともとこうなるだろうことはわかっていた。けれど……それでも、誰か一人ぐらいは私に賛成してくれるかも、と都合のいい期待をしていたのも本音だった。

地域課と同じく、ここにも私の味方は一人もいないのだ。改めてそれを思い知らされた。

一礼し、自分の席へ戻ろうとすると、

「ああ、待った」

課長はぎしりと椅子を鳴らし、

「君ね。私が、どうして君を刑事課に引っ張ったのかわかってる？」

「……いえ」

正直に言えばそれはずっと気になっていた。どんな努力も惜しまないつもりではいたけれど、まさか地域課から刑事課への異動がたった一年で叶うとは想像もしていなかったからだ。とりあえず、私の刑事としての手腕に期待して、なんて理由でないことは間違いないだろうけれど。

「君、前の署では刑事だったらしいね。それなら刑事のデスクワークにも慣れてるでしょ。新人をゼロから教育するよりは手がかからずに済む。それだけだから」

刑事は世間で考えられているより、はるかに机に向かう仕事が多い。調書や報告書、捜査チャートの作成はもちろん、役所への照会作業や、検事や裁判所を納得させる書類の整理、上役の決裁をもらうためのラリーなど、挙げればきりがない。特に奥多摩署は人手が少ないため、担当の係もあってないようなものだ。課の仕事を横断的にこなさねばならず、憶える仕事の量はよその署よりもむしろ多いぐらいだ。

背後から同僚の誰かの忍び笑いが聞こえた。小此木課長はそれをたしなめることもなく、私から視線を外す。

「どうせ五、六年もすれば、またどこかよそに移ることになる。それまでに一枚でも多く書類を上げるように」

警察官は遅くてもそれぐらいの頻度で異動する。課長の言う処遇は、私の実情に適ったものだろう。

けれど、それでは困るのだ。

……私は、ある人をもう一年以上も待たせている。そしてその人には、この先いつまでも時間があるわけではない。せめて二年――遅くても三年以内には、なんとか希望を叶えたい。

じっとりとした、湿気のような焦りを背中に感じながら自分のデスクに戻る。隣席の神崎巡査部長が鼻を鳴らしたけれど、それも聞こえない振りをした。

……それでも、ここで腐るわけにはいかない。そうするぐらいなら、私はとっくの昔に警察を辞めている。

心の中で息をついてなんとか頭を切り替えると、私は課長のご所望通り、一枚でも多く書類を上げるためにパソコンを開いた。

3.

けれどその日のうちに、状況は私が危惧し、またある意味では望んでいた通りになった。

日原街道沿いの細道に停められた問題の不審車輛を現認し、ナンバーを照会したところ、池袋駅近くのコインパーキングから盗まれたものだと判明した——交通課からそう連絡が来たのだ。

「池袋署の捜査本部にも、すでに連絡済みだそうです」

今頃池袋署の捜査本部は、コインパーキングに設置された防犯カメラの映像を押さえにかかっているはずだ。強盗殺人事件の重要参考人である男性二人と、車輛窃盗の被疑者の背格好が一致すれば、奥多摩署管内にも本格的に捜査の網が広げられることになる。——そして状況証拠を鑑みるに、そうなる可能性はかなり高い。

現在時刻は午後一時。本部捜査員の到着は明日だろうか。つまり今日一日は、私たちだけで捜査ができるはずだ。

小此木課長や同僚たちの様子をうかがう。私の報告に、皆、おもしろくなさそうな顔をしていた。けれど、この千載一遇の機会に何としても成果が欲しい。……一言、聞き込みに出ることを進言してみるべきだろうか。けれど今回も、セオリー通り本部捜査員の到着を待て、と命じられる可能性は高い。そんなつもりはないとはいえ、結果的に私が予想した通りに状況が推移したことで、同僚の中には、面子を潰された、と捉えている人もいるだろう。これ以上出しゃばりと思われて周囲との溝を深くするのも、今後を考えるとリスクが大きい。

ふと、小此木課長と目が合った。私が不届きな目論見を持っていることを察したのだろう。おそらく釘を刺すために口を開きかけた、そのときだ。

「——小此木くん、ちょっと」

刑事部屋に、ある人物が顔を覗かせた。

「……次長?」

六十歳手前の次長は、文字通り署長に次ぐ立場にある。ただ、いつも執務室にいる署長と違って、次長は署内をあちこちうろうろしていることが多い。江東署の副署長もそうだったので、どこの署でもそういうものなのかもしれない。

次長に呼ばれて刑事部屋を出ていった小此木課長は、けれど十分も経たずに戻ってきた。そして、

「——全員、手止めて」

どこか憮然とした表情で、一同に命じる。

「……署長直々の命令。刑事課は全員、車輌窃盗の被疑者捜索に当たるように」

突然の命令に同僚たちがざわつく。

小耳に挟んだところによると、現在の署長はキャリア警視で、年齢も三十代前半と大変若い。ただ奥多摩署のような小規模署を任されたということは、おそらく出世コースからは早々に外されてしまったのだろう。だから強盗殺人犯の情報を土産に、なんとか返り咲こうという魂胆なのかもしれない。

「澄ました顔しやがって。あんまり調子に乗るなよ」

捜査は基本、二人一組で当たる。課長命令により、私とのペアは神崎巡査部長が引き受けることになった。もちろん私に否やなど唱えられるはずもなかった。

運転は新入りの役目なので、私は警察車輌の運転席に乗り込んだ。すると、どかりと助手席に座った神崎巡査部長が、前を向いたまま腕を組んで吐き捨てた。

神崎巡査部長は三十代で、刑事課では二十七歳の私とは一番歳が近い先輩に当たる。がっしりとした体格で曲がったことが嫌いという実に刑事らしい刑事だ。私が異動してきたときも、

「――おい、最初に言っとくぞ。俺はお前を刑事として認めるつもりはねえからな」

と、宣言されたほどだ。

そんな神崎巡査部長に、シートに座った私はベルトを締め、

「いえ、そんなつもりは」

と、返事をする。

けれど、それも言い訳がましく聞こえたのだろう。神崎巡査部長は語気を荒くした。

「は、どうせ内心じゃ舌出してんだろうが。……いいか。お前みたいな規則に従わない厄介者に刑事を名乗る資格なんてねえんだよ。わかったら、この捜査の間だけでもせいぜい出しゃばらずに頭を引っ込めてろ」

先輩からのきつい言葉に、私は口を閉じたまま車を発進させた。何か言ったところでまた言い訳だと受け取られそうだったからだ。

それに。

面従腹背というつもりはないけれど、こうして自分の望んだ展開になった以上、私も自分にやれることをやらないわけにはいかなかった。

ところで。

私は奥多摩町にやってくるまで長らく車に乗っていなかったので、運転には正直未だに不安がある。なので法定速度を守った安全運転を心がけていたのだけれど、案の定、

「ちんたら運転しやがって。下手くそが」と神崎巡査部長から文句が飛んできた。すみ

ません、と謝り、もう少しだけアクセルを踏み込む。

私たちには青梅街道沿いの聞き込みが割り振られていた。ただ、たった二人で通りにいる人に片っ端から聞いて回ったのでは日が暮れてしまう。街道を流していると、

「そこに入れ」

神崎巡査部長が車道沿いに見えたコンビニに入るよう指示した。二十四時間人の目があるコンビニを回るのは聞き込みのセオリーだ。けれど今回はそれ以外の理由でも、聞き込み先として有望だと私は考えていた。

強盗殺人のあとにコインパーキングから車を盗んだということは、あらかじめ逃走車輛は用意していなかったということだ。要は行き当たりばったりの犯行で、おそらく今回の犯人たちは、あまり深い考えを持っていない。

そんな犯人たちが、どうしてこの奥多摩町まで来たのか？

それは、おそらくここに土地勘があるからだ。人間、右も左もまるでわからないところに逃げようとは思わない。奥多摩町は毎年観光客がそれなりにあり、近頃はキャンプ客も増えている。犯人たちもそういった理由で奥多摩町を訪れたことがあったのではないだろうか。現場の池袋から遠く離れていて、なおかつ土地勘もある場所なら、警察をやり過ごしつつ次の出方を考えるには打ってつけだ。

それでは、犯人たちは現在どこに潜伏しているのか。

日原街道沿いの目立たない場所に車を捨てたのは、盗難車輌でうろうろするのも危険だったからだろう（結局見つかってしまったけれど）。あそこから徒歩で移動したのであれば、潜伏場所としてもっとも可能性が高いのは、やはり奥多摩駅前や青梅街道沿いの宿泊施設だ。だとすれば、犯人たちは必ずその近場で買い出しをしている。潜伏中も水や食料は絶対に必要だ。コンビニや商店のほうが宿泊施設より数は少ないから、そちらから当たったほうが効率がいい。梅雨入りした今の時期なら客足は減っているから、普段見かけない顔が出入りしていればそれなりに目立つ。きっと顔を憶えている人間がいるはずだ。

神崎巡査部長はコンビニに入ると、店員に一昨日からこちら、見慣れない若い男性二人連れの客がいなかったかと訊いた。私は口を挟まず、聞きに徹する。生憎（あいにく）気になる証言は取れなかったけれど、そもそも捜査はほとんどが無駄足前提だ。該当する二人組が来店したり、何か気になることがあれば奥多摩署刑事課に連絡してほしい旨を伝えて店を出る。

青梅街道沿いにはコンビニが一軒、個人経営の商店が二軒ある。それらを東から順に回ったあと、続いて私はスーパー《だいわ》へと車を走らせた。スーパーといっても、《だいわ》もやはりテナントビルの一階に入った小さな店だ。

ただその脇の駐車場で、私は見知った顔を見つけた。

「紀代乃さん」

慣れない駐車に苦戦したあと、私は車から降りて声をかけた。

薄手のナイロンジャケットを着て、スクーターのトランクにかぶっていたヘルメットを放り込んでいたのは、安藤紀代乃だった。どうやら食材の買い出しに来たらしい。

「あら、氷膳ちゃん。宇喜ちゃんに聞いたわよ。あんた刑事になったんだって？」

からっとした独特の低音で、紀代乃はそう話しかけてきた。地域のネットワークは閉じている分、その中ではあっという間に話が広がるらしい。私は言った。

「おかげさまでなんとか。不審車輛のお知らせもありがとうございました」

「ああ、それよ。対応してくれたんだってね。まあこんなことわざわざ頼むのもどうかと思ったんだけどさ、こちとら未だに毎年高い税金払ってるんだから、使えるものは使っとけと思ってね。私みたいな貧乏人からまだまだ巻き上げようってんだから、お上もいい根性だわよほんとに。ねえ？」

立て板に水とばかりに相手が一話すうちに十返す、そういう人だ。けれど私は交番勤務の頃、この気安いやりとりにずいぶん励まされていた。

「その不審車輛に関係があることなんですけど」

神崎巡査部長は何か言いたげだったけれど、顔見知りとあってひとまず私に任せてくれるらしい。

「六月六日以降、この辺りで、普段は見かけない顔に心当たりがありませんか。二十代後半から三十代前半の男性で、二人組です」

この漠然とした質問に、思いがけない反応があった。

「ああ、あるわよ。蓮室さんとこと成田さんとこの息子でしょ。懐かしい顔だったわよ」

私の斜め後ろで、神崎巡査部長が腕組みを解いたのがわかった。

「蓮室さんと、成田さん？」

私はすぐにペンと手帳を取り出す。

「あ、なに。メモ取るの？　なんか責任重大ね」

そう言いつつも、紀代乃の口に淀みはなかった。

「蓮室さんも成田さんも、駅向こうの海澤に家があるのよ。見かけたのはそこの長男たちね。たしか二人とも同い年で、名前はなんて言ったかしらねえ……。とにかく、すこぶる評判のよくない連中よ。二人でつるんで同級生脅したり、尾添さんとこの商店で万引きしたり。警察の厄介になるのなんてしょっちゅうだったもの。高校を卒業したあと奥多摩を出ていったらしいけど。見かけたのはそれ以来のことね」

私は目を見開いた。犯人たちが潜伏先に奥多摩町を選んだのは土地勘があるからだと考えていた。けれど、直接地元に縁がある可能性はまったく考慮していなかった。

「ああでも、あの車と、蓮室さんと成田さんとこの長男たちは関係ないわよ」

「どうしてですか？」

私が小首をかしげると、紀代乃はさも当然とばかりに言った。

「だってあんな高価そうな車、連中が惜し気もなく捨てていくわけないじゃないの」

たしかに。ただ、事情によってはそうでもないのだ。

「その二人の年齢は？」

「二人とも三十手前ぐらいじゃないかしら」

「外見は」

「蓮室さんとこのは茶髪だったわね。成田さんとこのは……んー、なんか印象薄くて憶えてないわ」

さすがに曖昧すぎて、ちょっとわからなかった。

「自宅は海澤でしたね」

「あ、ううん、家はもうないわ」

「ない？」

すぐにそちらを調べるつもりが、たたらを踏んだ。

「そう言ったじゃない。あら、言ってなかった？　まあともかくよ。蓮室さんとこはご夫妻とも亡くなっちゃったのよね。成田さんとこは……何だったかしら。とにかくどっちの家も何年か前に取り壊されて、今は更地のはずよ」

生家がすでにないとなると、二人はやはり宿泊施設に潜伏していると見るのが妥当だろう。突然男性二人が転がり込むことを歓迎する友人や先輩がいる、というのもあまり現実的ではない。

「ああ、二人のことなら宇喜ちゃんに訊いたら？」

紀代乃がそう提案した。

「宇喜さんに？」

「だって、私よりずっと歳が近いんだから。今ちょうど店に来てる頃よ」

そういえば宇喜はスーパー《だいわ》に野菜を卸しているのだった。

どちらにせよ店員には話を聞くつもりだったので、私たちは店内に入った。すると店の奥に店員とおぼしきエプロン姿の年配女性と、宇喜洋司の姿があった。客がいないので、休憩に付き合ってお茶をもらっていたらしい。

「お、どうしたの、おそろいで？」

いつものツナギ姿でパイプ椅子に腰かけて湯呑みを手にしていた宇喜は、紀代乃と私（それと神崎巡査部長）を見て、気安く訊いてきた。私よりも先に紀代乃が質問する。

「宇喜ちゃん。あんた、蓮室さんと成田さんとこの長男、知ってるでしょう」

「蓮室？　成田？　……いや、知らんけど。誰？」

眉をひそめた宇喜は、けれどすぐに、あ、という顔をして、

「小学校のとき、そんな名前のが下級生にいたかもなあ。たしか俺より四つか五つは下じゃなかったっけ」

それが？　と訊いてくる。

「二人の今の連絡先、知らないの」

「知らんよ。だって小学校以外は中学も高校も在校かぶってないんだし。けど、なんで？」

有益な証言に繋がる可能性があると踏んでか、神崎巡査部長が割り込んできた。

「ちょっと話を聞く必要がありまして。連絡先や、できれば外見がわかるとありがたいんですが」

ふーん、と相槌を打った宇喜は、スマートフォンを取り出した。

「そんじゃ連れに聞いてみようか？　誰か一人ぐらいは知ってるかもよ」

SNSのグループで地元の友人に呼びかけてみるという。

「ありがとうございます。もし何かわかったら、私に情報を転送してもらえますか」

私は宇喜とSNSのIDを交換した。

店の外に出ると、神崎巡査部長はこのことを小此木課長にいち早く電話で報告していた。あくまでこれは私の手柄ではなく、ただの当たり前の聞き込みの結果だからな、と私に釘を刺すように。

宇喜から情報が届いたのは、その二十分後だった。

さすがに二人の現在の連絡先はわからなかったものの、少し昔の写真が見つかったという。高校の卒業アルバムのもので、彼らと同学年だった主婦の友人が送ってくれたそうだ。十年近く前のものだけれど、顔の特徴を知るには充分だろう。何より、氏名がわかったのが大きい。

二人の名前は蓮室大哉と成田智雄。年齢は現在、どちらも二十八歳だった。

蓮室大哉は短髪で、よく言えば精悍、悪く言えば粗野な顔つきをしていた。心底つまらなさそうな表情で、すべてを見下すような目をしている。一方の成田智雄も小ざっぱりとした短髪ながら、こちらはどこか気弱そうな面差しだ。これだけで、なんとなくこの二人の関係性が見えた気がした。

4.

その画像を送信しても、もちろんと言うべきか、小此木課長から労いの言葉はなかった。

けれどその二時間後の午後四時、宿泊施設の聞き込みを担当していたペアから、神崎巡査部長のほうに一報があり、私たちは現場に急行した。

青梅街道沿いにあるホテル《久凪》に、蓮室大哉と成田智雄が宿泊していることがわかったという。受付ではそれぞれ、吉川、飯塚という偽名を使っていたものの、二人の写真を見せたところ、フロント係から本人たちで間違いないと証言が取れたそうだ。

あとは明日の本部捜査員の到着を待って、蓮室大哉と成田智雄に接触し、任意同行をかける。署で取り調べをして自供を取り、強盗殺人と車輌窃盗の証拠をまとめ、送検という流れだろう。

……ここまでの報告書の作成はなんとか私に任せてもらえないだろうか。今朝そうせよとお達しを受けたばかりだし、蓮室大哉と成田智雄、二人についての証言を紀代乃から取ったのが誰か、できれば書き添えておきたい。

そう思い、私が課長のほうをうかがったそのときだ。

「――我々で、ですか？」

署に電話で報告していた小此木課長が高い声を出した。そして、

「はあ。……いえ、了解しました」

通話を終えると、露骨に舌打ちをする。それから集まった刑事課一同に告げた。

「蓮室大哉と成田智雄、任意同行で引っ張るから。部屋、何号室？」

この命令には、さすがに同僚たちも動揺する気配を見せた。

「で、ですが課長、まだ状況証拠だけですよ。令状もないですし、もし拒否されたら」

「……署長命令なんだ、やるしかないよ。それに、どうせそこまで警戒するような相手でもないでしょ」

殊更何でもないことのように言うものの、やはり課長自身にも動揺の色がうかがえた。たしかに蓮室大哉と成田智雄は、察するにあまり周到なタイプではない。叩けば埃が出るし、泥を吐く感触も充分にある。褒められた話ではないけれど、もし向こうから手を出してくるようなことがあれば、とりあえず公務執行妨害で逮捕してしまってもいい。

それでもこの段階での接触はさすがに早計ではないだろうか。——何しろ蓮室大哉と成田智雄は、人を一人殺害している疑いがあるのだから。

けれど、今ここで私が課長を制止できるはずもない。とにかく何が起こっても対処できるよう心構えをしておこう、と決める。

蓮室大哉と成田智雄が潜伏している部屋は、二〇七号室だという。

階段で二階廊下に上がり、ドア前を包囲する。同僚たちの顔は、今やはっきりと強張(こわば)っていた。奥多摩署では事件事故の認知数が極端に少ない。直近で強盗殺人犯と渡り合った経験のある刑事など、この中には一人もいないだろう。本当に大丈夫だろうか。そんな疑問がもう一度脳裏をかすめたときだ。不意に先頭の課長が私のほうを振り返り、あごをしゃくった。

「……君、声かけて」

思わぬ指名に私が目をしばたたかせると、

「女のほうが相手も油断するでしょ」

上ずった声で言う。……本音は推して知るべしだけれど、理屈自体は間違っていない。

「わかりました」

私は頷(うなず)き、前に出て呼吸を整えた。すぐ脇に同僚たちが控えるのを待ってから、躊躇(ためら)いなくドアをノックする。もちろん馬鹿正直に、警察だ、なんてことは言わない。

「——吉川さま、飯塚さま、ご在室ですか。大変申し訳ありません。受付で手違いがありまして」

フロントで名乗ったという偽名で呼びかける。

ややあってから、

「……はあ?」

そんな声とともに覗き穴からこちらをうかがう間があり、次いであっさりドアが開かれた。

ドアの隙間から覗いたのは、写真で見た通りの顔だった。紀代乃の言った通り、髪が明るい茶色になり、肌は浅黒くなっているけれど——間違いない。

「蓮室大哉さんですね」

まさかこんなに早く潜伏先を嗅ぎつけられるとは夢にも思っていなかったのだろう。ドアにチェーンはかけられていなかった。私は手早く警察手帳を提示し、

「警察です。どうして私たちが来たのか、わかりますよね」

蓮室大哉の目が大きく開き、同時に勢いよくドアが閉められる。けれどそれより一瞬早く、私はドアとの隙間に靴とひざを押し込んでいた。……痛い。けれど今は言っている場合ではない。

「離せ！」

蓮室大哉と私の押し問答も束の間、脇からドアに手がかかった。神崎巡査部長だ。力関係が二対一になり、少しずつドアが開かれていく——かと思うと、急にその抵抗が消えた。蓮室大哉が部屋の奥へと逃げたのだ。

「待てこら！」

半ば私を突き飛ばすと、その横をすり抜けて同僚たちが室内に殺到した。先頭は神崎巡査部長だ。その手が蓮室大哉の背中にかかる寸前、部屋の奥に追い詰められた蓮室が、デスクの上の何かをつかむのが見えた。

「来るんじゃねえっ！」

振り向きざまそれが一閃されるとともに、神崎巡査部長の悲鳴が上がった。

蓮室大哉の手にはナイフが握られていた。刃渡り十センチほどのスイッチブレードだ。

おそらく池袋で田辺恭子を刺した凶器だろう。鮮血とは別に、グリップの部分に黒く乾いた血が付着しているのが見えた。

「落ち着け！　ナイフを捨てろ！」

「うるせえ！　殺すぞ！」

神崎巡査部長は、どうやら手のひらを真一文字に切り裂かれたらしい。床にひざまずいてうめき声を上げながら、じりじりと後ろに下がる。他の同僚もその退避を助けながら怯んだように後退する。

そこへ、廊下にいる課長が火に油を注ぐ一言を放った。

「おい、無駄な抵抗をするんじゃない！　どうせもう逃げられやしないんだぞ！」

追い詰められた蓮室大哉は、口角に泡を飛ばしながら意味不明な叫び声を上げた。昨夜はあまり眠れていないのだろう。その頬はかすかにこけ、目も血走っている。興奮に支配され、我を忘れかけていた。下手をすると、神崎巡査部長の他にもさらなる負傷者が出かねない。

危機感に打たれて戦慄しつつも、私は小さく息を吸って吐いた。それだけで高鳴っていた鼓動が静まる。どんな状況でもほんの少し時間をおけば、すぐに平静さを取り戻すことができるのは、私の数少ない特技の一つだ。例の性質由来の、あまり胸を張れない類のものだけれど、こういうときには何よりも貴重な武器になる。

私は歩を進めながら、ジャケットの裾に隠していたホルダーから特殊警棒を勢いよく振り出した。かしん、という小気味のいい音とともに十センチから二十五センチまで伸長する。同時に室内に目を走らせた。ツインルームなので広さはそれなりだけれど、激しく立ち回れるほどではない。それでも、今ここでやるしかない。

「お、おい！」

「下がってください」

私は前に出ながらくるりと警棒を回し、半身に構える。私を制止した同僚も、血を見ても顔色一つ変えていない私に異質なものを感じたのか言葉を呑み、半ば引っ張るようにして神崎巡査部長を退避させた。

「どけっ！」

吼(ほ)える蓮室大哉を、正面から見据える。

刃物を持った相手と対峙(たいじ)したとき、まず何よりも大事なこと。それは絶対に自分から仕掛けないことだ。間合いを見誤れば即座に致命傷を負う可能性がある以上、先手を取るのはあまりにリスクが高い。一番の対処法は現場からの離脱――つまり、速やかに逃げること。これはどんなプロでもまず間違いなく意見が一致する。

けれどそうもいかない状況になったときは、まず相手と距離を取り、よく見る。そしてすぐに動けるよう全身を脱力させながら、相手の呼吸とタイミングを読む。

「……っ」

威嚇にもまるで動じない私に、蓮室大哉が焦れた。呼気とともにナイフを振るう。その閃きを、私はわずかに後退してかわす。蓮室大哉のナイフ捌きはかなり速かった。しかも闇雲に振り回したり突っ込んだりもしてこない。ただ相手が素人すぎると、呼吸やタイミングがうかがえず無力化はかえって難しくなる。そういう意味では、状況はまだ最悪の一歩手前と言えた。

二度、三度と繰り出されるナイフをかわしながら、私はどうしようもなく心が沸き立つのを感じていた。警察官としての充実と己が身の危険、それらが私の中にある引け目を忘れさせてくれるからだ。

いよいよ蓮室大哉が歯噛みする。それを見て取った私は、これまでよりもほんの少し前に出てわずかに懐を開けた。あえて隙を見せたのは、もちろんこちらの罠に誘い込むためだ。

対峙し続けるのに疲れた蓮室大哉の心が切れる。その瞳孔がナイフよりも鋭く狭まり、手が動く。

来る。

そこからの一連の動きは、すべてがほぼ同時だった。

懐を狙って突き込まれたナイフをかわしざま、私は警棒を鞭のように振るった。狙うはナイフではなくそれを握る腕だ。狙い過たず前腕を打ち、蓮室大哉がナイフを取り落としたときには、私は前に大きく踏み出し、その懐へと飛び込んでいた。

　相手の腕を左手で巻き取り、捻り上げる。関節が極まり、たまらず悲鳴を上げた蓮室大哉の膝の裏を踏み抜く。そして床に転がったその背にすかさず追撃の膝を落とした。そのまま押さえつけ、手錠を――

「あ」

　そこで私は、自分が手錠を携帯していないことに気づいた。蓮室大哉の肘を極めたまま顔を上げて言う。

「すみません。誰か、手錠お願いします」

　私の立ち回りを、半ば呆気に取られて見守るだけだった同僚たちは、たちまち弾かれたようにこちらへ殺到し、蓮室に手錠をかけた。

「ふざけんなっ！　離せっ！」

　蓮室大哉から離れて身を起こし、小さく息をつく。見ると、ジャケットに繊維の切れた線が走っていた。どうやらナイフがかすっていたらしい。……危ない。思った以上に紙一重だった。

　部屋の中に入ってきた課長が、傍観していたのを取り繕うように言う。

「……なに今の？　逮捕術じゃないね」

私が使うのは《シラット》だ。多少実戦向きにアレンジされてはいるけれど。ただ課長も特に答えが欲しかったわけではないだろうし、今はそんなことを語っている場合ではなかった。縮めた警棒をホルダーに納めながら、私は言った。

「それより、もう一人はどこに？」

ぽかんとする課長に代わって、両脇を同僚に固められた蓮室大哉がその答えを口にした。

「くそっ、智雄の野郎！　一人だけ逃げやがって！　絶対にぶっ殺してやるからな！」

私ははっとして部屋の奥の窓を見る。開けっ放しになっていたそこから身を乗り出すと、地上までは四メートル弱しかない。レバーを上げて押し開けるタイプのすべり出し窓で、隙間は狭いものの、なんとか男性でも身を通せるぐらいの幅がある。

成田智雄はここから飛び降りて、逃走したらしい。

「……お、追うんだ早く！　絶対に逃がすな！」

課長の命令を待つまでもなく、私と何人かの同僚はすぐに身を翻し、部屋を飛び出していた。

5.

蓮室大哉は傷害、銃刀法違反、公務執行妨害の容疑で現行犯逮捕された。

奥多摩署に連行して取り調べを行った結果、池袋の強盗殺人も自分たちの犯行だと認めているらしく、近くそちらの容疑でも再逮捕されるだろう。動機については、金がなかったからだ、と不貞腐れるように答えたそうだ。

一方、逃走したとおぼしき成田智雄は、その行方がわからなくなっていた。

すぐにホテル《久凪》を中心に周辺を捜索したものの、刑事課員の少なさが泣きどころとなった。細い裏路地や茂みの中に入られると、それだけで発見は難しくなってしまう。

その後、周辺住民の目撃証言を集めたところ、どうやら成田智雄は徒歩で山に入ったらしいとわかった。

「……逃げ切れるわけがない。徒歩で山越えができるものか」

小此木課長が警察車輌に乗り込みながら、そう呟くのが聞こえた。これが自分の失点にならないか危惧しているのだろう。その心配はともかく、見解には私も賛成だった。

成田智雄が入ったのは、三ノ木戸山の山道と思われた。奥多摩町を横断する青梅街道の北側には、いくつもの山々が連なっている。三ノ木戸山もそのうちの一つだ。途中の展望所までは車で行くことができるけれど、そこから先は山頂までひたすら林道になっている。周囲を木々に囲まれ、足元には根が伝う、まさに道なき道だ。

そして山頂にたどり着いたとしても、それで終わりではない。その先に待ち受けるのは〝石尾根(いしおね)〟と呼ばれる、都内最高峰を含む峻険な山々だ。それらを着の身着のまま、何の装備もない状態で縦走し、逃げおおせられるとはとても思えない。

むしろ心配なのは、成田智雄の身の安否だ。

今の時期なら一昼夜過ごしたところで凍死の危険はない。ただ彼がホテルから逃走した直後から、奥多摩町には雨が降り始めていた。山は地面がゆるくなり、不安定になっているだろう。日没までまだ時間はあるものの、日の届かない山中はすでに暗くなっているはずだ。そんな中、無理矢理山を越えようとすれば、ルートを外れたり谷に滑落したりして遭難しかねない。最悪、そのまま死に至る可能性だってある。

「…………」

ただ、と私は口元にこぶしを当てた。

奥多摩町に土地勘があるはずの成田智雄が、はたしてそんな無茶をするだろうか、とも思う。むしろどこかで一晩警察をやり過ごし、捜査の手がゆるむ早朝にでも山から下りてきて、青梅街道を山梨(やまなし)方面へ逃げるほうがよっぽど現実的だ。

空を見上げる。おそらく雨はこのあともまだまだ降り続く。一晩中濡れ続けるわけにはいかないから、もし夜明かしをするのなら、当然屋根がある場所を選ぶだろう。

この一年余り、私は暇さえあれば道場に通って、ひたすら身体と技を鍛え直した。そしてそうでないときは、奥多摩署管内をあちこち見て回った。それはもしものときに備えてだ。所轄の刑事は管内の地理が頭に入っていなければ話にならない。そのもしものときが、今来ている。

手首の内に巻いた腕時計に目を落とす。時刻はすでに午後六時だった。あと一時間もすれば完全に日が沈み、平地でも暗くなってしまう。

刑事課員はいったん署に戻るよう命令が出ている。けれど、私と組んでいた神崎巡査部長は蓮室大哉逮捕時に負傷し、救急車で病院に搬送されていた。つまり私は今一人であり、誰にはばかることもなく自由に動ける……わけではもちろんないけれど、署に戻るのに少しだけ回り道をしたということにして、心当たりのある場所を覗いてみるぐらいはできるんじゃないだろうか。

迷っている時間が惜しい。

私は車輌に乗り込むとエンジンをかけ、三ノ木戸山の山道へと走らせた。

左右に山肌が露出した登り坂を五分も進まないうちに、もともと広くない道路が、対向車とすれ違うのにも難儀しそうなほど狭くなる。ヘッドライトの光線の中に浮かぶ雨脚は明らかに勢いを増しており、私はワイパーの出力を上げた。

心当たりの場所はいくつかあった。

展望所を越えて林道に入ってしまうと、雨露をしのげるような場所はない。だからもし成田智雄が潜伏しているとすれば、それは展望所に至るまでのどこかのはずだ。

山道沿いにはプレハブ小屋が建てられた工事の資材置き場や、個人の倉庫が建っている。私は怪しいそれらを一つ一つ見て回った。けれど、どこにも成田智雄が出入りしたような形跡は見られない。

雨は革靴とパンツの裾をすっかり濡らしていた。私は急いで車に戻り、シートで息をつく。ハンカチで髪や服の水気を吸い取りながら、メイクの崩れをチェックした。時計を見ると、もう三十分近く経っている。さすがにそろそろ私の不在が刑事部屋でも問題になっているかもしれない。周囲も、もうほとんど視界がきかないぐらいに真っ暗だ。さすがにここまでだろうか――と、そう思ったときだ。ふと、もう一つだけ心当たりが頭に浮かんだ。

少し迷ったものの、どちらにせよ一度展望所付近まで登って、道幅の広いところでターンしないと山道を引き返せない。私はハンカチを助手席に放るとステアリングを握り、アクセルを踏んだ。

山道を登り、目的の場所の五十メートル手前で車を路肩に停める。車を降りると、手でひさしを作りながら足早にそちらへ向かった。

向かって右手の山肌に、崖崩れ防止用のコンクリートの法枠（のりわく）が築かれている。高さは五メートル程度だろう。その上に、小屋のトタン屋根とおぼしき影が見えた。……あそこなら一晩身を隠し、雨もしのげるのではないか。

私はひびが入ったコンクリートの枠に慎重に足をかけると、斜面を登り始めた。かなり斜度がきつい。もしすべって転落すれば、道路のアスファルトで頭を打って大怪我（おおけが）を負う可能性もある。手も使ってゆっくりと、確実に登っていく。

なんとか上まで登り着くと、そこは一面雑草が生え放題になっていた。まだぬかるむほどではないけれど、すでに土がやわらかくなっていてかなり足を取られる。

そしてその奥に、やはり小屋が建っていた。相当年季が入った木造で、壁や柱は黒ずみ、トタン屋根もぼろぼろに錆（さ）びている。四十年以上は経っていそうだ。ただ周囲の雑草の伸び具合からして、長らく人が出入りした気配は感じられない。いわば廃屋だ。これだけ古い小屋なら、きっと成田智雄がかつて奥多摩町にいた頃から建っていただろう。

けれど。

私はその廃屋へ近づくのを、なぜか躊躇ってしまった。警戒感からではない。真っ暗な闇の中に沈むその廃屋の佇（たたず）まいに、なぜか強烈な不快感を覚えたからだった。

「…………」

速まる鼓動を深呼吸で静めながら、私は腰元のホルダーからフラッシュライトを取り出した。逆手でノックし、明かりをともすと、全身にまとわりつく雨と湿気を掻き分けながら、一歩一歩、その黒い廃屋へと近づいていく。

入れる場所は探すまでもなかった。裏手に回ってみると、出入り口の引き戸が無造作に開けっ放しになっていたからだ。やはり昔からの建物らしく、鴨居が低い。私は特に苦にはならないけれど、背の高い男性なら身をかがめる必要がありそうだ。

出入り口のそばで耳を澄まし、中の様子をうかがう。物音は聞こえない。採光窓の類もないようで、屋内にはより濃密な、どろりとした粘性の闇が湛えられていた。

息をひそめ、出入り口をくぐる。

辺りには、大量の木材が積まれていた。

どうやら山に植わっている杉を切ったあと、一時的に保管しておく小屋だったらしい。かつて切り出された様々な材木が、今も所狭しと積まれたままになっている。あるものは湿気を吸って膨らみ、あるものは黒く朽ちていた。充満する埃と黴の臭いにたちまちくしゃみが出そうになり、私は口元を押さえた。

そのときだ。ふと、それらにある異臭が混じっていることに気づいた。

……血臭だ。

雨粒がトタン屋根を叩く音が大きくなる。

周囲を舐めるように照らしていく。左から、改めて正面、そして右へ。

すると。

小さな光の円の中に、それが浮かび上がった。

最初に見えたのは、足だった。デニムにスニーカーを履いた両足が、まっすぐ床に投げ出されている。

それをたどっていくと、今度はペイズリー柄のシャツの裾が見えた。

——誰かが、寝ている。

思わず後ずさった私は、直後、さらなる戦慄を味わうことになった。

ライトで照らし、露わになったその誰かの頭部が、丸ごと真っ赤に染まっていたからだ。

その理由を見て取り、息を呑む。

その頭は、皮膚がごっそりと剝がされていたのだ。

「………」

落ち着け。冷静になれ。胸を押さえ、自分の呼吸の回数を自覚しながら、必死で己に言い聞かせる。

ややあってから油断なくそばに近づき、片膝をついて観察する。

体格からして男性だろう。一応脈を取り、呼吸を確かめてみるけれど、やはり完全に死んでいた。頭部はほぼ丸ごと皮が剝がされて筋膜が剝き出しになり、白い頭蓋骨の形がはっきりとわかる。シャツや床を濡らす血や脂肪の混じり合った体液は、まだほとんど乾いておらず、悪心を催さんばかりの生々しい臭いが立ち昇っている。つまり、こうなってからさほど間がないのだ。

「まさか……」

まさかこれは、逃走していた成田智雄なのだろうか？

けれど、だとすれば一体誰が、なぜ、こんなことを？

混乱に襲われ、一瞬注意が散漫になった、そのときだった。

かたん、と背後で物音がした。

ぎくりとする。自分の迂闊さを呪いつつ、私はすぐさま振り返り、自由にしていた右手で警棒を振り出して構えた。ライトで廃屋の反対側を照らし、目を凝らす。

どうやらそちらに倉庫のようなものがあるらしい。物音はそこからした。

何かがいる。

狸や貉がねぐらにでもしているのだろうか。それとも——。

「警察です。ゆっくりそこから出てきなさい」

声をかける。けれど、その何かが動く気配はない。

警棒を構えたまま、そちらへ向かう。

ゆっくり壁を回り込んだところで、柱の陰から覗くものがあった。靴を履いた足だ。けれど、妙に小さい。不審に思いつつも、今はその正体を見きわめることが先決だと考え、一気に歩を進める。

そして、私は呆気に取られた。

暗い床に座り込み、壁に寄りかかるようにしていたのは、一人の少女だった。

小さく丸い肩にかかる黒髪と、大きな目が印象的な可愛い子だ。ピンクのTシャツに黒いパンツをはいている。ただ、こちらを見上げるその表情は引きつり、憔悴し切っていた。かなり長い間ここにいたのか、手足も服もすっかり薄汚れている。

「あなたは……」

私が声をかけたときだ。これまでぎりぎりで張りつめていたものが、とうとう限界を迎えたかのように、ふっと少女の目が泳いだ。次いで、その身が傾ぐ。

私は慌ててしゃがみ込み、少女の身体を支えた。

「しっかりして」

声をかけながらも周囲に気を配る。けれど、やはりさっきの物音は少女が立てたものだったらしく、屋内に他の誰かが潜んでいる気配はなかった。

一体どうしてこんなところに、小さな少女が？

彼女は、あの皮を剝がれた無惨な死体と何か関係があるのだろうか。

そんな疑問が脳裏をかすめつつも、私はすぐにスマートフォンを取り出した。

救急車輛のサイレンが聞こえてきたのは、それから三十分後のことだった。

インタールード

年齢が若ければ若いほど、人間の皮は剝ぎにくい。それがわかってきたのも、大体三人目を殺した辺りからだった。

初めて殺した相手は、八十過ぎの男だ。

殺すこと自体はあっけないぐらいに簡単だった。夜、戸締まりのされていない一人暮らしの家に忍び込み、寝込みをざくりと切りつけるだけで、老体はしわぶき一つ出さずに動かなくなった。その手応えのなさにいっそ拍子抜けしたほどだ。逃げ出した犬や猫を捕まえるほうが仕事としてはよっぽど難しいだろう。

脱衣所に引きずっていって服を脱がせ、風呂場で皮を剝いだ。

なぜか？

もちろんそうする必要があったからだ。でなければ、こんな七面倒で気持ちの悪いこと、わざわざやりたいとは思わない。

世の中には快楽殺人者という人種がいるらしい。人を殺すこと自体が好きという正真正銘の変態どもだ。が、自分はそうではないと断言できる。なぜなら自分は、別に人を殺すことが楽しいわけではないからだ。

いや、そもそも。

自分に言わせれば、こちらは人を殺しているのではない。

こう考えるようになったことには、何かきっかけがあったのかもしれない。だが、そんなことをいちいち気にしても仕方がない。見識の狭い子供の時分には、目の前にあるものがすべてだ。そのことと同じように、自分の前にはそれがあり、気づけばそういった嗜好（しこう）を持っていた。それ以上でも以下でもない。

それからもう二人殺したが、やはり仕事自体はあっけなかった。

二人目は、三十代の男だった。

こちらも夜、ひと気のない場所を出歩いていたところを見計らって、後ろからざくりと切りつけるだけで物言わなくなった。

ただ、皮を剥ぐのは一人目よりもかなり難儀した。若い分、筋肉が頑丈で刃が通りにくく、脂肪も多くてすべりやすかったからだ。全身の皮を剥ぎ終えた頃には、全身汗みずくでへとへとになっていた。

一人目、二人目ともに、いなくなってもさほど騒ぎにはならなかった。証拠を残さないよう、剝いだ皮はもちろん全身の骨にいたるまできっちり処理したおかげもあるが、もともと連中が、どうしようもない人間と周囲に認識されていたせいだろう。むしろいなくなってくれて助かった。そんなふうに思われている節すらあった。

ただ、三人目を殺したときには、かなりの大騒ぎになった。

それも仕方がない。狙った標的が、まだ小学生の子供だったからだ。

当然、警察や消防、他にも大勢で捜索がされた。それでも自分にたどり着くことはおろか、手がかりすら何一つ見つけられなかったのだから大したことがない……などと内心嘲笑(あざわら)うような気持ちでいたところに、今回のこれだ。

これまでがあまりにあっけなかったせいで油断していたのかもしれない。殺すのはともかく、皮を剝ぐのは別の場所に移してからにすべきだったか。だが、それもやはり仕方がないことだ。

殺したら剝ぐ。

それは自分にとって、どうしたって当たり前のことなのだから。

ともあれ、遺体という証拠や目撃者まで残してしまったのだ。警察はいよいよ殺人事件として捜査に本腰を入れるだろう。

だが……まあ、おそらくは大丈夫だ。どうせ警察は、自分の真の目的を想像することすらできないだろう。

それを果たすときは、刻一刻と近づいている。

それを思うと、今からたまらない気分だった。

第二話「慟哭の少女」

1.

東京都内で殺人事件が発生し、現場検証の要を認められた場合、二十三区と島嶼部を除く多摩地域の鑑識は警視庁本庁の現場鑑識第五係が、検視は検視第三係が行うことになっている。

立川に待機するその両班が三ノ木戸山の山道に到着したとき、雨はいよいよ土砂降りになっており、現場の混乱によりいっそうの拍車をかけていた。指紋、足跡、血痕、毛髪、皮膚片、服の繊維などの現場資料が流されてしまわないうちに、あらゆる作業を確実に、急ピッチで進める必要があるからだ。

夜の山道は全面通行禁止となり（といっても大雨の中、山の展望所へ行こうという人は誰もいなかったけれど）、現場にはブルーシートで天幕が張られた。いくつもの投光器が据えられ、その光が廃屋やその周囲の資料を採取したり、屋内の遺体を調べたりと忙(せわ)しなく動く鑑識官や検視官たちの影をあちこちに伸ばしている。トタン屋根を叩く激しい雨音に負けないよう怒号すれすれの大声でやりとりがされ、誰もが余裕のない表情をしていた。

混乱の渦中にあるのは現場だけでなく、署の上層部も同様だった。いや、むしろそちらのほうがより深刻かもしれない。

遺体の身元確認は、指紋や歯型、その他の身体的特徴、DNA型の鑑定で行われるので、確実なことが判明するまでにはまだ時間がかかる。けれど、蓮室大哉と成田智雄が潜伏していたホテル《久凪》の二〇七号室から採取された指紋及び足跡と、廃屋内で発見された遺体の指紋や履いていたスニーカーのそれは、現場鑑識の簡易鑑定では、「おそらく同一のものだと思われる」という結果が出ており、やはり遺体の身元は成田智雄で間違いないという見方が限りなく強まっていた。

つまり私たち奥多摩署刑事課は、強盗殺人事件の重要参考人を取り逃がし、あまつさえ何者かに殺害されてしまったことになる。

「……まったく、なんだってこう面倒なことに」

鑑識や検視の作業中は、刑事も現場に立ち入ることができない（以前それを知らず、とんでもない粗相をしでかしたことがある）。なので私たちは山道に停めた車の中で、作業が終わるのをじっと待っていた。

その助手席で、頬杖をついた小此木課長が忌々しげに毒づき、運転席の私を横目でにらむのがわかった。同乗していた他の同僚たちからも、お前のせいだ、とでも言わんばかりの険しい気配が伝わってくる。

数時間前、私からの連絡で現場に駆けつけた同僚たちは、誰もが胸を悪くしたように顔をしかめ、次いで血まみれの皮剝ぎ死体を前にしても顔色一つ変えていない私を見て、心底不気味そうに眉をひそめた。現場保全のために同じく臨場した地域課の交番係員にいたっては、到着と同時に外に飛び出して胃の中のものをすべて戻し、どこまでも平然としている私に、この女こそが犯人なのでは、と訝るような視線を向けてきたほどだ。

もれ聞こえてきたところによると、小此木課長は署長から、現場での監督責任を強く問われたらしい。これに対し、課長は憤懣やるかたない様子だった。課長にしてみれば、蓮室大哉と成田智雄への任意同行求めはあくまで署長命令であり、この事態を引き起こしたのは署長の勇み足が原因だ、と言いたいのだろう。

そしてその矛先は、今や私に対しても向けられていた。どうやら私という厄介者こそがこの事態を呼び込んだ、とこじつけて考えているらしい。……いくら疲労もあって冷静でないとはいえ、そんな捉えられ方はあまりに理不尽だし、私も納得がいかない。

「――――」

けれど、どれだけ無言の責めを受けても、私は口を閉じていた。私もまた疲れ切っていたし、何より、もう何を言ったところで聞き入れてもらえないのではないだろうか――そんなあきらめの靄が目の前にかかりつつあったからだ。

一体、私はどうすればよかったのだろう。

やはりあのとき、どれだけ課長の恨みを買うことになったとしても、蓮室大哉と成田智雄への任意同行求めを止めておくべきだったのだろうか。けれど、課長が私の言葉を受け入れてくれたとはとても思えない。では、蓮室と成田の逃走車輌を見つければよかったとでもいうのだろうか。いや、そもそも刑事課に移ってこなければ――。

こぶしを額に添え、息をつく。

……だめだ。やっぱり疲れている。こんなときに頭を使ったところで、きっとろくなことにはならない。少しは寝て、体力を取り戻さないと。

けれど、車内の居心地の悪さと昂った神経のせいで、眠気はまるで訪れそうにない。ひんやりした窓に力なく側頭を押し当て、真っ暗な空を見上げる。

まるで天すら私の敵に回ってしまったかのように、雨はその後、一晩中降り続けた。

現場の検証作業がひと通り終了したのは、日付が変わった六月十日の午前四時頃だった。その頃にはようやく雨も上がり、うっすらと東の空が明るんでいた。おかげで、これまで闇に沈んでいた現場の惨状が、いよいよ白日のもとにさらされることとなった。

最初に立ち入ったときには気づかなかったけれど、黒い廃屋内の床は血の海と化していた。そこで仰向けに転がった遺体は、胴体こそ服を着ているものの、頭の皮と首の太い筋肉が断たれて惨(むご)たらしく剝ぎ取られており、血液と脂肪でどろどろになった頭骨と頸椎(けいつい)が剝き出しになっている。そんな中、濁った眼球だけが忘れ物のように両の眼窩(がんか)に収まっている様子は、心底醜悪なオブジェのようだった。

そして。

いざその遺体を搬送する段になって、新たな問題が発生した。

廃屋が急斜面の上にあるため、車輌が近づくことも、遺体を担架に乗せて運ぶこともできないのだ。

「こりゃ誰かが直接ホトケを背負って、斜面を下るしかないな」

検視班の班長の言葉に、その様子を想像したらしい誰かが低くうめいた。

と。

小此木課長は軽く頷き、

「……わかりました。じゃ君、やって」

あっさり私に命令した。

「私、ですか？」

「なに。何か文句でもあるの」

一瞬言葉を失う私に、課長はすこぶる不機嫌そうな声を出す。

検視班長が心配そうに言った。

「おいおい、大丈夫なのか？」

「うちの署では、こういったことは新入りの仕事ですので」

そう突っぱねる課長の態度から、刑事課一同の間に流れる訳ありげな空気を感じ取ったのか、班長もそれ以上追及することはなかった。同僚たちも、自分がやらずに済んだとあって、ほっとしたような顔を浮かべている。

言いたいことが喉元で渋滞を起こした。けれど……言葉を発すれば言い訳がましいと取られ、態度や行動で示そうとすれば出しゃばりだと思われる。どうやったところで理解が得られないのであれば、これ以上どうすればいいのだろう。そう思ううちに、みるみる気力が萎えていくのを感じた。何があっても折れるつもりはない。私はそう心に決めた。たしかに、そう決めたけれど。

「……わかりました」

一転して半ば自暴自棄な気持ちに駆られた私は、言われるまま作業に取りかかった。

鑑識班と検視班に手伝ってもらい、しゃがみ込んだ私の背中に、納体袋に納めた遺体をロープで固定する。すでに死後硬直が全身にまで及んでいたため、ある程度背負いやすくはあったものの、惨憺たる有様の遺体と背中合わせになるのは正直ぞっとしなかった。何より袋の内から染み出してくるものすごい汚臭は、鼻が曲がるどころか直接目に染みてきて、ひとりでに胃が蠕動するほどだった。

口で呼吸を整えてから、両膝に力を入れる。

……重い。やわらかくなった地面に、靴の裏がみるみる沈み込んでいく。

成田智雄は決して太っていない。けれど身長は百七十センチ以上あり、体重も六十キロは下らないだろう。布を噛ませてあるものの、それでもロープがきつく両肩に食い込んでくる。

なんとか立ち上がったものの、その場から動けずにいる私に、検視班長が見かねたように言った。

「おいちょっと、あんた大丈夫か？　何ならうちの班で――」

「いえ……大丈夫です」

切れ切れに答える。

正直に言うと、かなり厳しい。けれど、私も伊達にこの一年間、身体を鍛え直していたわけではない。おかげで、自分の体重以上のバーベルも持ち上げられるようになった。まあこれは明らかにそれを超えているけれど……そこは意地でカバーするしかない。

バランスを崩さないよう細心の注意を払いながら、交互に足を踏み出す。全身の酷使とまとわりつくような湿気でたちまち汗みずくになりながらも、私はカタツムリのように歩みを進め、やがてなんとか斜面までたどり着いた。

ただ、問題はここからだ。

再度呼吸を整えると、私はコンクリートの法枠に取り付き、右足から慎重に下ろした。斜面を踏みしめたところで、同じ場所へ左足を下ろす。もちろん両手はしっかりと法枠をつかんでおく。ゆっくり確実に。五メートル下の道路へ転落すれば、遺体だけでなく私もただではすまない。肩で息をしながら自分にそう言い聞かせる。けれど、ただでさえ疲れ切っているところへの限界を超えた重労働で、だんだん手足と体幹がおぼつかなくなってきていた。

一瞬すべての前後関係を忘れ、自分は何をやっているのだろう、という思いが胸をよぎる。

……やけになって身体を張ってみたところで、どうせ何の意味もないというのに。

昨夜と同じ靄が目の前にかかり、手足が冷たくなるような無力感を覚えた、そのときだ。

ようやく道路のアスファルトについた右足の膝が、がくりと折れた。あ、と思い、我に返ったときには、法枠をつかんでいた手が離れ、体勢が崩れていた。

このまま後ろ向きに倒れたら遺体が傷つく。咄嗟（とっさ）にそう考えた私は腰を捻り、自分が下敷きになるよう体を入れ替えた。せめてアスファルトの路面に手だけでも着こうとしたところで――

がくん、という衝撃とともに転倒が止まった。

「……こんなところで一体何をしていやがる」

どうやら成り行きを静観していた人の輪から飛び出してきた誰かが、ロープをつかんで転倒を防いでくれたらしい。

そのどこか不機嫌そうな声に振り返り、その主を認めた私は、思わず瞬きしながらこう返していた。

「……ご無沙汰してます。仙波主任」

猟奇殺人の被害者遺体を背負ったまま場違いな挨拶をする私に眉をひそめたその人は、泣く子も黙る本庁捜査一課の主任刑事――仙波和馬警部補だった。

2.

同日、午前九時。

普段はのんびりとした雰囲気すら漂っている奥多摩署庁舎内は、かつてないほどの物々しい空気に包まれていた。正式に殺人及び遺体損壊・遺棄の容疑で、特別捜査本部が設置されたからだ。奥多摩署の全署員はもはや課の垣根なく、その準備で大わらわとなっていた。

　そんな中、署の講堂には本部入りした大勢の捜査員が集まっていた。その陣容は、警視庁本庁から捜査一課長以下、理事官、管理官、殺人犯捜査六係、並びに担当した鑑識班、奥多摩署からは署長、次長、刑事課の面々。さらに奥多摩署だけでは捜査員の数が足りないため、隣の管区を担当する青梅署からも応援が駆けつけている。そして別の一角には、本庁殺人犯捜査四係の仙波班も控えていた。

　奥多摩署の講堂はそれほど広くないので、これだけの人数が一堂に会すると、やはり蒸し暑い。エアコンはフル稼働しているものの、徹夜明けで、しかも遺体を背負って運ぶという重労働をこなしたあとの身にはかなりこたえた。

「では、捜査会議を始める」

　礼のあと、捜査一課長や署長の挨拶があり、まずは今後本部の指揮を執ることになる管理官の進行のもと、被害者の氏名や年齢、現場の説明がされた。

「なお、すでに知っての通りだろうが、成田智雄は友人の蓮室大哉とともに、池袋女性強盗殺人の被疑者である可能性が著しく高い。そのため、池袋署の捜査本部からも捜査員が臨場している。速やかな犯人検挙のため、互いに緊密な情報交換を旨とするように」

　管理官がそう紹介すると、講堂右手前方に陣取った四係の刑事たちが全体に向けて目礼した。ただその中でも一番先頭に座った仙波主任だけは、さっさと会議を進めろ、と言わんばかりに前を向いたままだった。仙波主任は今回、池袋の強盗殺人の捜査に加わっていたらしい。

続いて遺体の状態について、担当した係から報告された。

「遺体は右上腕と左大腿に深い刺創が認められ……また頭部及び頸部の皮膚と筋肉が根こそぎ剝がされていました。現場からそれらは発見されなかったので、すべて犯人が持ち去ったものと思われます」

その猟奇的な手口に、捜査員たちの間でざわめきが生じる。

そこへ、

「──私語は慎むように」

管理官の真行寺亘警視が、低い声で注意を飛ばした。大柄な五十代で、五分に刈り込んだ頭髪に無骨な顔つき、剃刀のような鋭い目をしており、その威圧感と迫力は百戦錬磨の刑事たちすら一瞬で黙らせてしまった。

たった一言で場を統率した真行寺管理官は、マイクに向かって言った。

「山林に生息する狸や鼬が、遺体の頭部を食べた可能性は？」

そういえば以前、都内で顔の皮を剝がれた遺体が発見され、皮剝ぎ殺人の可能性を視野に入れて警察が捜査したところ、死因は自殺であり、顔の皮が剝がれていたのはペットの犬が遺体を餌と思い込んで食べたから、という事件があった。どれだけ科学捜査が発達しても、そういった見落としはまま起こる。管理官の質問は、それを危惧してのものだろう。

　担当係は言った。

「い、いいえ。刃物で削いだ形跡があるので、その可能性はありません」

　管理官は頷き、続けて質問する。

「死因は？　その右上腕と左大腿の刺し傷からの失血か」

「検視官によると、残っていた眼球結膜にかすかに溢血点が認められることから、窒息死ではないか、という報告が上がっています」

　溢血点とは小さな血液の斑点のことで、眼瞼結膜や眼球結膜のそれは、窒息死の際の特徴的な死体現象の一つになる。たしか感電や一酸化炭素中毒でも出現するらしいけれど、今回の現場ではその可能性は除外して構わないだろう。

「……窒息？　ということは首を絞められたのか」

　管理官は眉をひそめた。刺創があるということは、犯人は刃物で成田智雄を襲ったということだ。にもかかわらず、最後は首を絞めたというのは、たしかにしっくり来ない。とはいえ、絞殺や扼殺の痕が残る首の皮膚は犯人に持ち去られてしまったので、今の段階で確かなことはわからないだろう。

「遺体は本日中に須央会医大の法医学教室で解剖される予定ですので、正確な死因はそれを待ってからになります」

管理官は頷いた。

次に、現場の情報と検証結果が報告される。

「現場の廃屋は持ち主がかなり前に亡くなっていて、そのまま放置されていたようです。屋内からは、犯人のものとおぼしき指紋は採取されませんでした。また屋内の床はかなり乱れており、おそらく被害者と犯人が争ったのだと思われますが、犯人が念入りに消していったらしく、足跡も同様に採取できていません。外のそれについても、雨が激しく降ったせいでやはり困難とのことです」

指紋や足跡を現場に残すことがどれだけ危険なのかは、もはや周知の事実だ。つまり現状、現場から手がかりは何一つ出てこなかったということになる。

続いて報告は、現場で発見された少女に及んだ。

「氏名は樋代絢香。年齢は七歳。住所は奥多摩町氷川の一三六九番地。三ノ木戸山山道の麓、現場の廃屋まで片道一・五キロほどの辺りです。地元の大森小学校の二年生。現場に居合わせた前後関係は不明。発見後、気を失ったため救急病院に搬送されましたが特に外傷はなく、現在は意識も回復しているとのことです。ただショックのせいか精神的に不安定らしく、医師が引き続き入院させて様子を見ています」

「聴取は？　できそうか」

「どうでしょう。担当医はまだ許可を出していませんが」

管理官は少し考え、

「……まあ相手は児童だ。今の段階で無茶はしないほうがいいな」

まるで、状況が差し迫ればやる、とばかりの言い草だけれど、それも仕方ないところはある。実際に現場にいた彼女の証言は、捜査本部にとってまさに値千金の情報だ。あの廃屋で一体何があったのか、彼女はその一部始終を知っている可能性すらあるのだから。

ただ。

私は少女——樋代絢香を発見したときの、その恐怖に打ちのめされた表情や、救急車輌で搬送されていく姿を思い出した。

……できれば彼女には、あまり無茶なことをしてほしくはないけれど。

報告が一段落したところで、本部は捜査方針の検討に移った。

けれど。

現状、あまりに異常かつ不可解な謎が多く、上層部も方針を決めかねているようだった。

犯人は、なぜ偶然奥多摩町にいただけの成田智雄を殺害したのか。

さらに、なぜその頭と首の皮を剝ぎ取り、わざわざ持ち去ったのか。

本部のあちこちで憶測のささやきが交わされる中、

「……今回の殺し、いわゆる快楽殺人者の仕業でしょうか」

隣に座った殺人犯捜査六係長の綿貫滋警部にそう訊かれ、真行寺管理官は考え込んだ。

己の内的衝動に従った、殺人行為そのものを目的とする快楽殺人。その中でも〝遺体の皮を剝ぐ〟という行為は、殺人者の嗜好として広く知られるものだ。

ただその可能性を口にした綿貫係長自身も、どこか半信半疑という顔だった。きっとこの山深い田舎町に、そんな異常心理で殺しを行う犯人が潜んでいるという事実自体、うまく呑み込めずにいるのだろう。

それに、と思う。

管理官が思案顔で言った。

「……成田智雄が廃屋に潜伏していることを、犯人は知り得なかったはずだ。つまり犯人は、偶然通りすがっただけの成田智雄を標的に選び、しかも必死に走るその背中を追いかけて殺害に及んだことになる。だが、快楽殺人者は総じて標的と機会を慎重に選ぶ。今回の事件は、快楽殺人者の仕業としてあまりにそぐわないように思えるが？」

「それは……たしかに」

そう、私も同じことを考えていた。

もし快楽殺人者が本気で自らの嗜好や衝動に素直になれば、自分の周囲の人間を手当たり次第に殺し回らなければならなくなってしまう。けれど、まずそんなことにはならない。なぜなら彼ら彼女らは、いつでもどこでも事に及ぶわけではなく、管理官の言う通り、むしろ冷静に標的を選び、辛抱強く機会をうかがう場合がほとんどだからだ。

前回、私が捜査に加わった江東区の女性連続殺人事件でもそうだった。快楽殺人者だった犯人は、一度目を付けた女性のことを、さらに徹底的に調べ上げた上で標的に選んでいた。今回の犯人はそこまで偏執的ではないのだとしても、成田智雄は全力で警察から逃走中だったのだ。猟奇殺人の標的にはまるで適していない。

管理官は顔を上げ、訊いた。

「成田智雄は、蓮室大哉とともに奥多摩町の出身だったな」

「それなりに悪だったらしい、と報告が上がっています」

たしかに紀代乃も、蓮室大哉と成田智雄は同級生を脅したり、商店で万引きをしたりして、警察の厄介になるのもしょっちゅうだった、と証言していた。

「おそらく、恨みを抱いている人間が地元にはいるかと」

真行寺管理官は考えをまとめるような間を設け、

「犯人は偶然、逃走中の成田智雄を見かけた。過去、蓮室大哉と成田智雄に何らかの因縁を持っていた犯人は、その姿を目の当たりにしたことで積年の恨みを思い出し、あとをつけた。成田智雄が廃屋に逃げ込むのを見届けたところで、すぐに自宅に戻り、刃物を持ち出す。そして再び廃屋へと取って返し、身を潜めていた成田智雄を殺害した。のみならず、その恨みの深さゆえに頭部と頸部の皮を剝いだ。……一応筋は通っているか」

綿貫係長が頷くのを確認してから、真行寺管理官は反対側に座っている一課長と理事官のほうに目を向け、伺いを立てた。

「まずは基本捜査に徹しつつ、地取りで成田智雄に恨みを持っていそうな人物に当たりをつけ、重点的に洗う、ということでよろしいでしょうか」

「ああ、いいだろう」

一課長の承認も下り、管理官は一同に告げた。

「では、これより捜査の割り振りを行う」

特捜本部での捜査は、本庁と所轄の捜査員がペアで動くことになる。捜査経験の豊富な本庁組と、管内の地理や事情に詳しい所轄組が組むことで、円滑に捜査を進めるためだ。

私たち奥多摩署刑事課に割り振られたのは、当然と言うべきか現場周辺の通行人や住民への聞き込み——いわゆる地取りと呼ばれる捜査だった。

けれど、

「ああ、君はいいから」

　ペア決めの場で、小此木課長は面倒臭そうに私に告げた。

「本部で情報整理か、電話番でもやってて」

　私は言葉に詰まった。

　もちろんそれらが閑職でないことは、以前特捜本部で同じ仕事を経験したことがあったので知っている。けれど、あからさまに私を現場から遠ざけようとするその采配に、再び無力感で身体が重くなった。何か言おうと思うのに言葉が出てこず、ただ立ち尽くすことしかできない。

　と、そのときだった。横手から声がかかった。

「――は、ならちょうどいい。こいつはこっちで使わせてもらいましょうか」

　顔を上げると、声の主は誰あろう、仙波主任だった。

　まさか横槍が入るとは思わなかったのだろう、小此木課長は一瞬目を見開いた。すぐに眉をひそめ、言う。

「……そちらは池袋の強殺担当でしょう。情報のやりとりこそすれ、こちらの人員を使われるいわれはありませんよ」

「たしかに。だが、おたくで使わんのなら別にいいでしょうが。管内に詳しいのが一人必要なんでね。電話番なら、よその課の応援に任せればいい。管理官には俺から話を通しておきますよ」

小此木課長は露骨に不快げに言い捨てた。

「本庁さんが、いちいち所轄の話に口を出さないでもらえますかね」

よく誤解されるけれど、階級が同じであれば、本庁と所轄の刑事はあくまで対等だ。所轄から本庁へ異動するように、本庁から所轄への異動もよくあることなので、当然と言えば当然の話ではある。とはいえ、捜査一課は本物の精鋭ぞろいであり、生半可なことでは絶対に呼ばれることのないところだ。ましてそこの主任刑事に、課長とはいえ小規模署の刑事が面と向かって言い返すのは、なかなか胆力のいることだと思う。つまり、私は小此木課長のことをいささか低く見積もっていたのかもしれないけれど。

相手の課長という立場を酌んでか、やや慇懃無礼ながらも丁寧な言葉遣いをしていた仙波主任が、小此木課長のことを鼻で笑った。かと思うと、急に馴れ馴れしいぐらいに砕けた口調になり、

「……なあおい。こいつの厄介さは俺もよく知ってるよ。当たり散らしたくなっても無理はねえさ。そこのところについちゃ、望まぬ厄介者を押し付けられたあんたに同情しないでもない。けどな——」

訳知りふうに語っていた主任の顔つきが、不意に猛禽のように鋭くなる。息を呑む小此木課長を遠慮なく睨めつけ、

「こっちはあんたほど暇じゃねえんだよ。邪魔者は切り捨てる。けどな、使えるものなら何だって使うんだ。そっちこそ、俺のやることに口を出すな」

凄まれた小此木課長は後じさり、たちまち顔色を失った。

そこへ、

「仙波さん、もうそのぐらいで」

さすがに状況を見かねたのか、六係の主任刑事が割って入った。見ると、講堂最前の管理官たちや周囲からも、一体何事だ、という視線が集まりつつある。

仙波主任は再度鼻を鳴らすと、出入り口のほうへ踵を返した。そして、

「もたもたすんな！　行くぞ！」

肩越しに、私に怒鳴った。

同僚たちからの冷たい視線を浴びながら、私は唐突に決断を迫られた。ここで主任についていくことを選べば、私は刑事課内で孤立するどころか、完全に彼らと対立してしまうだろう。

それでも、迷ったのは一瞬だった。

六係の主任が、いいから行け、というふうに手を振ったこともあり、私は一礼してから仙波主任のあとを追った。

講堂を出るとき、小此木課長が恨みを込めた暗い目つきをこちらに向けていることが、

かすかに気になった。

3.

仙波主任は私に警察車輌を運転するよう命じた。私は言われるままそれに従い、仙波主任が同乗した車で青梅街道に出ていた。

「……あの、さっきはありがとうございました。仙波主任」

私がステアリングを握ったまま目礼すると、助手席で腕と足を組んだ主任は不機嫌そうに言った。

「帳場ではしゃいでる馬鹿を黙らせただけだ。外様(とざま)の俺がしゃしゃり出る筋合いじゃねえが、目に余ったんでな。だから、お前に礼を言われる筋合いもない」

あまり背は高くないものの、押し出しの強い太い眉に低い鼻、くたびれたスーツには修羅場をくぐり抜けてきた叩き上げの風格が漂っている。そんな仙波主任の印象は、最後に顔を合わせた一年前と何も変わっていなかった。

ただ、印象が変わっていないのはお互い様だったらしい。横目でこちらを見やった主任は、その目を細め、

「……相変わらずふてぶてしい澄まし顔しやがって。おまけに、たった一年でもう刑事

に戻ってやがったとはな。まあ、さっきのが課長ってぐらいだ。奥多摩署はよっぽど人材不足なんだろうよ」

　返す言葉もなく黙っていると、仙波主任は前方に視線を戻し、舌打ちした。おそらく、私の手応えのなさが気に入らなかったのだろう。

　江東区の連続殺人事件の捜査本部で初めて顔を合わせたとき、仙波主任は私の警察官としての半端さを、その観察眼と歯に衣着せぬ言葉で自覚させてくれた。絶対に犯人を逮捕するという正義感も、手柄を上げて出世するという功名心も持ち合わせておらず、ただただ上司の命令に従って仕事をこなしているだけだった私は、おかげで自分でも意識していなかった、刑事を志した本当の理由に気づくことができた。いわば仙波主任は、今も私が警察官で在り続けている、そのきっかけをくれた刑事なのだ。

　そして、

　——戻ってくる気があるなら拾ってやる。お前には借りがあるからな。

　江東署をあとにするときにかけてもらったその言葉を、私は一言一句違わずに憶えている。

　もちろん今となっては、私もそれを本気で当てにはしていない。仙波主任がその場の勢いだけでものを言う人でないことはわかっているけれど、それでももう一年以上も前のことだ。状況は日々変わるだろうし、そもそも個人の意思だけでどうこうできると保証されている類の話でもない。

けれど本庁捜査一課で何人もの部下を率い、今なお捜査の最前線に立つ刑事がかけてくれたその言葉は、奥多摩署での一年間、間違いなく私を支えてくれた。

……だからこそ仙波主任には、情けない今の自分の姿を見せたくはなかったけれど。

それでも、あの場から連れ出してもらえて助かったことも事実だった。そして、久しぶりにまともに息が吸えたおかげで頭が軽くなったせいか、ふと疑問が浮かんだ。

「……そういえば、主任はどうして奥多摩署の捜査本部に？」

「あ？　管理官から説明があっただろうが」

「いえ、成田智雄の犯行の裏付け捜査でいらっしゃったことはわかってます。ただ、蓮室大哉は昨日のうちに池袋署へ移送されてますし……仙波主任なら、そちらの取り調べのほうを狙うんじゃないかと思ったもので」

手柄を上げることに人一倍こだわりを持ち、その強いモチベーションこそが結果として速やかな犯人逮捕と事件解決に繋がる。そのために、したたかに立ち回ってこそ本物の刑事――仙波主任はそんな信念の持ち主であり、事実、仙波班の犯人検挙率は本庁刑事部でもトップクラスを誇っているという。だからこそ主任なら、すでに判明している事実の裏付けより、捜査の花形である被疑者の取り調べに食い込もうとするのではないだろうか。

「ふん……田舎暮らしで勘が鈍ったわけじゃなさそうだな」

仙波主任は特におもしろくもなさそうに言った。けれど、そこにはやはり私の疑問を認めるニュアンスが含まれている。そしてドアに頬杖をつき、前を見たままさらりと口にしたのは、聞き逃すことのできない重大な事実だった。

「——昨夜、蓮室大哉が自供の内容を翻した」

え、と私は仙波主任のほうを見る。

「まさか、犯行の否認に転じたんですか？」

その拍子に思わずステアリングがブレてしまった。たちまち歩道に乗り上げそうになり、慌てて元に戻す。

「ば、馬鹿野郎！　殺す気か⁉」

「……すみません。未だに運転に慣れてなくて」

いつになく慌てた様子で怒鳴った主任（無理もないけれど）は、私が肩を縮こめると、ややあってから息をつき、

「……蓮室大哉は、田辺恭子の強殺に関わったこと自体は認めてる。だが、自分は殺してないし、金を奪ってもいないと主張し始めやがった。全部成田智雄がやったことで、自分はそれを止められなかった、とな」

私は小さく眉をひそめた。蓮室大哉がどんな人間なのか、私は知らない。けれど、高

校時代の写真や直接相対した印象からして、友人の犯行を制止しようという殊勝なタイプでは決してないように思う。

「蓮室大哉は、私たちに対しても躊躇なくナイフで襲いかかってきました。あれはナイフを扱うことに慣れた人間の動きです。池袋の強殺も、実際に手を下したのは蓮室大哉じゃないでしょうか」

「んなことは言われなくてもわかってる」

にらまれた。

「それまでは自分が刺したと認めてやがったのに、いきなりだからな。たぶん成田智雄が死んだことをどこかから嗅ぎつけて、弁護士が入れ知恵しやがったんだろう」

おそらく今後、成田智雄は犯行に加担していた裏付けが取れたとしても、被疑者死亡で不起訴処分となるだろう。その成田智雄に、罪のほとんどをなすり付けようとしているということらしい。

「……たしか彼らが重要参考人として浮かび上がったのは、コンビニの防犯カメラの映像からでしたよね。その映像を確認すれば、蓮室大哉が主犯であることは立証できるんじゃ？」

「カメラに映っていたのは田辺恭子のバッグを手に逃走する二人組の姿だけだ。犯行の現場はおろか、その二人が蓮室と成田だとわかる映像もない。引き続き目撃者を捜してるが、現場が駅から離れた路地だけに、夜は人通りもほぼゼロだ。そっちも望み薄だろうな」

「凶器の指紋は？」

「蓮室と成田、二人の指紋が出てる。どうやら二人で触って遊んでやがったらしい」

私は目だけで（今度は事故未遂を起こさないように）、仙波主任のほうをうかがった。罪から逃れようとする犯人について語るとき、主任なら舌打ちの一つもしていておかしくない。つまりそうしないということは、主任には何か目の前の状況を覆す目算があるのだろう。

私の目顔に、

「……まあ、そろそろ本部でもネタを割る頃合いだ。いいだろう」

仙波主任はそう呟き、言った。

「俺の班で現場と池袋駅の間にある別の防犯カメラを徹底的にさらって、他にも連中とおぼしき二人組が映っている映像を見つけた。そこに二人組の片割れが、パチンコ屋の店先にピアスを落としていく様子が映っていた」

「ピアス、ですか？」

「ああ。走ってる最中に落としたことに気づいて、慌ててその場にしゃがみ込んで捜してるところだ。結局見つけられなかったらしく、もう一人に急かされてそのまま逃げていったがな。肝心のピアスは、パチンコ屋の店員が店先の掃除中に見つけて律儀に保管してた。現物も回収済みだ」

シルバーのリングピアスだという。

それが一体どう繋がるのかと小首をかしげる私に、主任は続けた。

「映像に蓮室と成田の顔は映ってなかったし、連中は背恰好も同じぐらいだ。どちらがピアスを落としたのか、映像だけじゃ判別できない。微物が採取できなかったから鑑定も不可能だ。だが、実際の蓮室大哉はピアスをしてなかった。つまり、ピアスを落としたのは成田のほうで、急かしてるほうが蓮室ってことだ。で、その急かしてるほうの袖には血糊（ちのり）らしいものが確認できた」

私は目を見開き、同時に得心した。

成田智雄が身に着けているピアスと、パチンコ屋の前で犯人たちが落としていったピアス――これらが同じものだと証明できれば、その映像の二人組が間違いなく成田智雄と蓮室大哉であること、さらに袖に血糊の付いた犯行に及んだとおぼしきほうが蓮室大哉であることまで、すべて芋づる式に証明できるということだ。仙波主任はこの情報をつかんでいたため、周囲に先んじて奥多摩町に臨場したのだろう。

「だってのに、これだ」

仙波主任は、今度こそ忌々しげに言い捨てた。その理由は、もちろん私にもわかった。

成田智雄は殺害された挙句、頭部と頸部の皮膚を剝がされ、それらは現場に残っていなかった。報告にあった通り、犯人がすべて持ち去ってしまったのだろう。――その耳のピアスと一緒に。

忸怩たる思いに、口元を引き結ぶ。

すべて、成田智雄を死なせてしまったことに起因する事態だ。つまり、私にも責任の一端がある。

およそ一年前の江東区の連続殺人事件でも、私は被疑者を死の淵に逃げ込ませてしまっている。おかげで彼の過去の余罪は、未だにそのほとんどが明らかになっていない。

もちろんそのことを、すべて自分のせいだった、などと考えるほど思い上がっているわけではない。私があしなければ、無実の人間が起訴されて死刑になっていた可能性もあったのだから。その判断自体は間違っていなかったと、私は今でも信じている。そして、今回もそれは同様だ。仙波主任が私を責めないのも、そうする理由がないからだろう。

それでも――。

「で、どうするつもりだ」

仙波主任から突然そう訊かれ、私は、え？　と声を出した。

「どうする……というと？」

そう訊き返すと、主任が途端に白けた顔になるのがわかった。

ややあって、

「停めろ」

「え」

唐突な指示に戸惑いつつも、私は言われるままにハザードランプを焚き、車を路肩に停めた。

すると、

「降りろ」

今度は容赦なくそう命令され、私は言葉を失った。

「あの中じゃ、とりあえずお前が一番ましに見えたから引っ張ったが……見込み違いだった」

さすがに訳がわからずシートから動けないでいると、舌打ちした仙波主任は、

「おい……我慢ならねえから一つだけ言っとくぞ」

私のことをじっと睨めつけ、低く告げた。

「どんな事情があるにせよ、雪辱は捜査で果たせ。それができねえってんなら、それこそ今すぐ刑事なんて辞めちまえ」

本物の刑事の目に、私は小さくうつむきながら言い訳がましく口を開く。

「……ですけど、今の私じゃ」

仙波主任はあくまで池袋の強盗殺人事件の捜査員であり、成田智雄殺害の事件を担当しているわけではない。こちらの捜査本部に出入りして情報のやりとりをするのなら問題はなくとも、事件の捜査にまで乗り出せば、さすがに越権行為になりかねない。その下に付いた私にも、おそらく同じことが言えるだろう。

けれど、

「は、知ったことか」

仙波主任は腕を組み、そんな私の懸念を一蹴した。

「たしかに、俺にとっちゃよその帳場の事件（ヤマ）だ。間借りして捜査情報を吸い上げつつ犯人逮捕をせっつくぐらいのつもりだったがな、捜査員がお前たちみたいなぼんくらどもなら、もう任せておくのはやめだ。……そもそも奥多摩町のイカれた犯人の野郎には、こっちが必死に追っかけてた被疑者を殺（や）られてるんだ。それぐらいしなきゃ気が収まらん」

横紙破り上等といった宣言に瞬きしながら、私は不意に思い出していた。

前回の事件で被疑者を死なせた際、仙波主任は、捜査本部に身を置いていた以上自分にも責任がある、と言った。そしてその上で、何よりも今すべきは被疑者を捕まえることだ、とも。

――どんな事情があるにせよ、雪辱は捜査で果たせ。それができねえってんなら、それこそ今すぐ刑事なんて辞めちまえ。

目の前の靄が晴れ、身体を重くしていた無力感もみるみる溶けて消えていく。

正義感や功名心。さらには責任。利用できるものは残らず利用し、ときには服務規程違反だって見ない振りをする。そうやって、あらゆる理由や葛藤を原動力に変えて、刑事は動く。それらはすべて、犯人を逮捕して事件を解決するため――私はそう信じている。

ならば、私がやるべきこともまた一つのはずだ。

成田智雄を殺害した犯人を逮捕する。それも、捜査本部よりも先に。

それが成田智雄を殺害されたことへの責任の取り方であり、ひいては蓮室大哉の犯行を証明することに繋がり、連れ出してくれた仙波主任に報いることにもなる。もちろん、私自身の成果にも。

私が、私の思う刑事たらんとするのなら、道はそこにしかない。

「主任……私にも、やらせてください。必ずお役に立ってみせます」

主任は横目で再度こちらをにらんだ。

私の言葉が本気のものかを検分するような間のあと、仏頂面で言う。

「ふん……使えねえと思ったら、すぐに放り出すからな」

「はい」

私はステアリングを握り直すと、強くアクセルを踏み込んだ。

4.

それから三日間、奥多摩署の捜査本部には成田智雄殺害事件にまつわる捜査情報が着々と集められ、会議で報告された。

まず地取りと鑑取り——被害者の過去や関係者をたどる縁故捜査のことだ——を担当した班によると、蓮室大哉と成田智雄はともに奥多摩町の生まれで、地元の奥多摩町立大森小学校、大森中学校に通い、青梅の都立青梅西高校を卒業後に奥多摩町から出ていた。その後は小岩のアパートに二人で住み、それぞれアルバイトをして暮らしていたらしい。以前紀代乃から聞いた通り、二人の実家は奥多摩町南西の海澤という地区にあったけれど、どちらの家族もすでに奥多摩町を出たり、あるいは亡くなったりしており、もはやこの地域とは一切関係のない生活を送っているという。大哉や智雄の名前を出すと、皆が皆、迷惑そうな顔をしたものの、全員アリバイは確認できたそうだ。

そしてこれも紀代乃の証言通り、蓮室大哉、成田智雄の奥多摩町での評判はすこぶる悪かった。特に高校時代は頻繁に問題を起こし、警察にたびたび補導されていたらしい。

「――実はあのあと、連れから蓮室と成田について改めて聞かされたんだけどさ」

聞き込みの途中で立ち寄った私に、ビニールハウスで農作業中だった宇喜は仕事の手を止め、あまり愉快な話ではないせいか、声をひそめて教えてくれた。

「連中、高校じゃかなりエグいいじめやってたみたいよ。ボコって金取るのなんて当たり前で、服脱がせた挙句にそれをスマホで撮って、脅しに使ったりとか」

同行していた仙波主任が顔をしかめるのがわかった。

宇喜もうんざりしたように続ける。

「あと、昔駅前の通りに沢田（さわだ）商店って店があったんだけどさ。連中、そこで万引きしまくってたらしいんだよな。ばあちゃんが一人でやってる昔ながらのって感じの店で、俺も子供の頃は駄菓子とか買ったりしてたから、閉店したときは悲しかったんだけど。蓮室と成田は、自分たちが潰してやった、って武勇伝めかして語ってたらしいんだ」

調べれば調べるほどあちこちからそんな過去が出てきて、会議で報告されるたびに捜査員たちも同じようにうんざりとした面持ちになっていた。

続いて、須央会医科大学の法医学教室による司法解剖の結果、成田智雄の正確な死因が判明した。

「死因は、やはり窒息死で間違いないそうです」

その報告に、真行寺管理官は眉をひそめた。

「では、手口は絞殺か扼殺か」

「いえ、溺死とのことです。正確には、のようなもの、ですが」

「……溺死？」

講堂がざわめく。私も不審に思い、眉をひそめた。……あんな山の中で溺死？　一体どうやって？

「成田智雄の頸部にある甲状軟骨には、横一文字の切創が見られたそうです」

「甲状軟骨……というと、つまり喉仏のことか」

「はい。また、気管と肺には自身の血液の流入が確認されたとのことでした」

つまり、と担当捜査員は続ける。

「成田智雄は、まず右上腕と左大腿を深く刺されて動きを止められ、それから喉を真横に切り裂かれた。軟骨に傷が残るほど深いものだったため出血も多く、それが気管と肺に流入し、窒息死したのだと考えられる――というのが法医の所見です」

「……なるほどな。それで溺死のようなもの、か」

しかも犯人はその後、わざわざ成田智雄の頭部と頸部の皮を剝いで、現場から持ち去ったのだ。改めてその意味不明な凶行に、捜査員のほとんどが顔をしかめた。

「怪しい人物や、車輛の目撃証言は？」

「今のところまだ取れていません。現場付近は、もともと極端に人通りの少ない場所ですので」

「山道はもちろん、その入り口付近にも防犯カメラは設置されていませんでした」

地取り班に続いて、防犯カメラ捜索班が立ち上がり、報告した。

「前足、後ろ足ともに不明か」

前足とは犯人が現場に向かう足取り、後ろ足とは現場から離れる足取りのことだ。

「成田智雄に恨みを持つ人物については？」

「すでに四人浮上しています。全員、蓮室大哉と成田智雄のいじめの標的にされていた人物で、中には高校時代、不登校になった者もいるようです」

読み上げられた名前はいずれも男性だった。二人が今なお奥多摩町で暮らしており、あとの二人は町外に出ているという。

管理官は頷き、

「では明日以降、地取り班と鑑取り班を中心に、その四人のアリバイと、引き続き蓮室大哉と成田智雄に恨みを持つ人物をピックアップしていく」

その方針はまさに捜査の正道だ。

そう思う一方で、けれど私は、ふと強い違和感を覚えた。本当にそれでいいのだろうか。そんな気持ちに駆られてしまう。

「――それでは、本日はこれで解散とする」

管理官がそう告げ、捜査員たちが三々五々する中、私は座席に着いて口元にこぶしを当てたまま考え込んでいた。

すると不意に隣から視線を感じた。顔を上げると、なぜか神崎巡査部長が立ち上がったまま、横目でこちらを見下ろしていた。

「あの……何か？」

神崎巡査部長は蓮室大哉に切られた手の治療と大事を取っての休みを終え、今日から現場に復帰していた。右手にはまだ包帯が巻かれており、まともに使えないものの、捜査活動に支障はないという。

私が訝しんでいると、

「……何やってるの、神崎くん」

脇から小此木課長が声をかけてきた。

「――いえ、何でも」

神崎巡査部長はふいと私から視線を逸らし、踵を返す。

それを見送った小此木課長は、今度は小首をかしげていた私に気づき、顔をしかめた。

ややあってから立ち去ってくれたものの、暗く粘っこい目つきで私に一瞥をくれていく。

報告こそ本庁六係の刑事が上げていたけれど、地取り班と鑑取り班には奥多摩署刑事課の同僚たちが多く割かれている。自分たちの捜査が順調に結果を出している小此木課長からすれば、別の本部の捜査員と動くことを決めた私は、自ら勝ち馬から降りた愚か者に等しいはずだ。それにもかかわらず、私が先日よりも生気を取り戻していることが気に入らないのだろう。

……正直、もう放っておいてもらえると助かるのだけれど。

私は切実にそう願った。

翌、六月十四日。

仙波主任と私は、今日も地道に証言を集めるべく地取りに出ていた。

この三日間で現場を中心としためぼしい場所はすべて回ったため、さらに捜査範囲を広げることになり、

「どこか心当たりは」

仙波主任にそう訊かれたので、私は少し考えてから車を日原街道へと向けた。現場からは少し離れているけれど、奥多摩駅前から延びる一番交通量のある山道で、その中腹には集落がある。偶然事件の当日、現場付近に足を延ばしていた人がいるかもしれない。……まあかなり望み薄ではあるけれど、例によって例のごとく刑事の仕事は無駄足前提だ。躊躇する理由にはならない。それに日原街道は（正確にはその脇道は）、蓮室大哉と成田智雄が盗難車輛を乗り捨てていった因縁の場所でもある。

　登るにつれて山道は九十九に折れ、仙波主任はカーブのたびに、助手席上のアシストグリップをつかむ手に力を込めた。

「おい、絶対に事故るなよ。絶対だぞ」

　我ながら運転に難があることは自覚していたので、信用してください、とは口が裂けても言えなかった。……とりあえず奥多摩署管内で圧倒的に認知件数が多いのは交通事故だ、ということは黙っておいたほうがいいかもしれない。

「それより、仙波主任」

「なんだ」

「本部の捜査方針について、どう思われますか？」

　仙波主任はグリップをつかんだまま、それどころではなさそうながら、「あん？」と眉をひそめた。

「本部のやり方に文句でも言いてえのか」

「いえ、そこまでは。……ただ、ちょっとしっくり来ない点があるというか」

「要するに文句だろうが」

　一蹴されるかと思いきや、仙波主任は、聞かせてみろ、というふうにあごをしゃくった。私は率直に疑問を口にしてみる。

「犯人は、どうして成田智雄の首から上の皮を剝いだんでしょうか。今の本部の方針では、その理由を説明し切れていない気がします」

私は考えながら続けた。

「たとえば、殺害したあとも恨みに任せて何度も遺体に凶器を突き刺したとか、身体の一部を徹底的に損壊した、というのであればまだ納得できます。けど、頭や首の皮を剝ぐという行為はかなり面倒だし、忍耐の要る作業です。恨みに任せて殺害した犯人の行動として正しいんでしょうか」

一考するような間のあと、主任は言った。

「だがな、そうじゃないとすると余計に辻褄は合わんぞ。それについちゃ、どう説明するつもりだ」

たしかに、それは私も承知していた。まさに先日の捜査会議で、真行寺管理官が呈していた疑問だ。

成田智雄が廃屋に潜伏していることを、犯人は知り得なかったはずだ。つまり犯人は、偶然通りすがっただけの成田智雄を標的に選び、しかも警察から逃走するその背中を追いかけて殺害に及んだ、ということになる。冷静に辛抱強く標的と機会をうかがう快楽殺人者の仕業としては、あまりにそぐわない。

けれど。

その辻褄の合わなさは、私たちが何かを見落としているせいなのではないか。そんな考えが頭から離れなかった。

不意に、前回の猟奇殺人事件の犯人と接触したときの、あの重く息苦しい感覚がよみがえる。

もし、万が一。

今回の犯人があの事件と同じように、警察の理解の及ばない異常な心理を持つ殺人者だとすれば、私たちだけで太刀打ちできる保証はない。

「…………」

ステアリングを握りながら、私はジャケットの内側に忍ばせてある手帳のことを意識した。事件の概要や取った証言などをメモしておく手帳で、もちろんそれ自体は何の変哲もないものだ。

ただこの手帳の最後のページには、ある連絡先の書かれた名刺が挟んである。そこに連絡すれば、ひょっとすると何かわかることがあるかもしれない。

けれど。

「……なんだ、人の顔をじろじろと。気色悪い」

「……いえ」

今、そうすることはできない。

この連絡先に頼ることは、有体に言って違法捜査になるからだ。私はよくても、ペアを組んでいる仙波主任に迷惑がかかってしまう。前線から外されようとしていた私に、主任は捜査の機会を与えてくれた。ただでさえ迷惑のかけ通しなのに、この上さらにリスクを負わせるようなことはできない。

こちらをじっと見ていた仙波主任は、私が沈黙すると、それ以上何も訊かずに顔を前方へと戻した。

……あるいは主任は、私が今考えていることも、何を天秤にかけて迷っているのかも、すべてお見通しなのかもしれない。無表情で何を考えているのかわからない、とこれまでに散々言われてきた私だけれど、主任の観察眼はときにそれを上回る。

山道を登るにつれて、みるみる周囲の緑は深くなっていく。今日も空は朝から曇っており、いつ一雨来てもおかしくない灰色の模様をしていた。

仙波主任と私は日原街道沿いの集落の家々を回った。簡易郵便局やバス停もある程度には戸数も多く、すべての家宅を回るのに午前中いっぱいかかったものの、生憎めぼしい収穫は得られなかった。

いくら刑事の仕事が無駄足前提とはいえ、何も進んで無駄足を踏みたいわけではない。それでも仙波主任は倦んだ様子もなく、私に訊いてきた。

「ここより上に行くと何があるんだ」

「この先は鍾乳洞ですね。別の林道に入れば鉱山施設なんかもありますけど……民家はなかったはずです」

「ふん。なら、もう用はねえな。さっさと下るぞ」

そう言って助手席のドアを開ける。私も続いて運転席のドアを開けたときだ。

「――あら、やっぱり氷膳ちゃんじゃないの」

声をかけられた。

振り返ると、車道に停まった軽トラックから紀代乃が降りてくるところだった。運転席にいるのは宇喜だ。私は小首をかしげた。

「二人そろってどうしたんですか？」

紀代乃の自宅はこの集落にあり、さっき訪ねたときには家人から留守にしていると伝えられていた。ただ宇喜の自宅はたしかこの界隈（かいわい）ではなかったはずだ。スーパー《だいわ》でなく、なぜこんなところで二人が顔をそろえているのだろう。

「いやあ、俺は雑草を捨てに来たんだけどさ」

「雑草？」

「そうそう。この上にうちの土地があるんだけど」

そう言って段々になった集落の上のほうを指差し、

「日当たり悪い場所だから土作りに使ってんの。そこに、畑から刈った雑草を捨てに」

当たり前のように言われたものの、雑草で土作りをするという仕組みがわからず返事ができないでいると、宇喜はそれを察したのか、

「ああ、雑草って肥料になるから」

そう言われ、私は瞬きした。

「雑草が肥料になるんですか？」

「なるよ」

事もなげに頷く宇喜の横で、紀代乃が呆れたように言った。

「畑から引っこ抜いたものまで再利用して、よくやるもんだわよ」

「ま、自分の畑で作物を育てて収穫するのが、俺の生き甲斐だからね」

肩をすくめ、

「で、その途中、山道で安藤のばあちゃんがへばってたから、一緒に乗せてきたんだよ」

「へばって？」

私が目を向けると、紀代乃はうざったそうに手を振り、

「年寄り扱いしなさんな。ちょっと散歩の途中で休憩してただけよ。氷膳ちゃんこそ、こんなところで何してんのよ」

「いや、ばあちゃん……そりゃ警察の仕事に決まってんだろ」

呆れ顔で指摘する宇喜に、紀代乃は大真面目な声音で訊いてきた。

「ああ、そうよ。あの事件、今どうなってるのよ、氷膳ちゃん」

都心部では隣家で殺人事件が起きたところで、皆、物騒だ、と口にはしつつも、案外平然としていたりする。けれどこの田舎町では、殺人はやはり非常にショックが大きいらしい。これまで回った家々の住民たちも、一様に不安を口にしていた。皆顔見知りばかりなので、他人事ではないのだろう。

「成田さんとこのはまあ仕方ないとしても、偶然巻き込まれた絢香ちゃんは、あんまりにも可哀想じゃない」

現場の廃屋で保護された児童の実名は、メディアには伏せられている。けれど、さすがに人の口に戸は立てられない。学校をしばらく休めば、そこから噂も広まるだろう。

「言っとくけど、触れ回ったりなんてしちゃいないわよ。ただ心配してるのよ。ここいらの子供は、そこに住む皆の子供みたいなものなんだから」

「まあなあ」

宇喜も同情的な声音で言う。

「父親がいなくて、母一人子一人でやってるところにこれだろ。地域の連中は、皆同じ気持ちだよ」

どうやら二人とも、樋代絢香の家庭の事情もよく知っているらしい。改めて訊いてみた。

「事件の当日、何か変わったことや気づいたことはありませんでしたか？」

「うーん……もう他の刑事さんにも話したけど」

宇喜は当日を思い返すように腕を組み、

「あの日は、畑でちょうどこの草を刈ってて、そうしたら町役場の防災無線で注意喚起が流れてきたんだよな。警察が追ってる被疑者？　が逃走中だから、気をつけろって」

「ああ、私も家で聞いたわ。たしか四時頃だったわね」

奥多摩町では、地域のあちこちに防災無線用の屋外子局が設置されており、有事には鉄塔上のスピーカーからその報がアナウンスされる。普段は夕方にチャイムのメロディが流れるだけだけれど、あの時刻は児童や生徒が下校している時間帯だったこともあり、防犯のために放送されたのだろう。

けれど署長や小此木課長は逃走した成田智雄の足取りを追うことと、その責任の所在をめぐって汲々（きゅうきゅう）としていたはずだ。はたして町役場に連絡し、防災無線で住民に注意喚起するなんてことを思いつけただろうか。だとすれば、一体誰がそんな差配を？

そう考えたところでふと、いつも署内をうろうろしている次長の顔が浮かんだ。あのとき成田智雄逃走の報告を受け、かつ町役場に連絡して防災無線で住民に注意を促すという決定と指示が下せる立場にいたのは、次長ぐらいしか思いつかない。とりあえず今は無関係なことなのでいったん脇に置くけれど、その仕事ぶりは心に留めておこうと思う。

「で、まあ、マジかよ、やばいじゃん、とは思ったけど……結局そのまま草刈りしてたから、気づいたことって言われても特にないなあ」

「……そうですか」

「でもさ、氷膳ちゃん」

と紀代乃。

「絢香ちゃん、どうしてあんなところにいたのよ」

さすがにそれは本人に訊いてみないとわからない。そう思ったところに、宇喜があっさりと言った。

「ああ、絢香ちゃん、あの廃屋を秘密基地にして遊んでたんじゃないかな」

私は小首をかしげた。

「そうなんですか？」

「たぶん。俺の家、絢香ちゃんちとは近所なんだけど、何回か見かけたことあるから」

宇喜いわく、三ノ木戸山の山道を一人で登っていく絢香の姿を何度か目撃したことがあるという。私も秘密基地などの類にはわくわくを抑え切れないタイプの子供だったので（小学生の頃、林間学校の宿舎で地下パントリーに潜り込んで先生に叱られたことがある)、少女の気持ちはよくわかった。

ひとまずその情報を手帳に書き留め、私は二人からの聞き込みを切り上げた。

「なるべく早く捕まえてね。頼んだわよ、ほんと」

紀代乃からされた念押しに頷き、そうなるよう努めます、と返事すると、宇喜が頷いて言った。

「やっぱ氷膳さん、刑事のほうが不思議とそれらしく見えるわ」

午後もすべて使って心当たりの家々を回ったけれど、これといった証言は得られなかった。

ただ成果が出なかったのは、どうやら私たちだけではなかったらしい。

「……成田智雄に恨みを持っているだろう四人ともに、アリバイが確認できました」

怨恨の線では手がかりが出てこなかった、という報告が午後の会議で上がった。

事件認知から一週間も経っておらず、捜査はまだこれからだ。それでも本命の線が空振りしたことで、本部にはややぴりぴりとした空気が漂っていた。真行寺管理官をはじめとする上層部の顔つきは重く、捜査員たちも落胆や苛立(いらだ)ちを募らせているのが見て取れる。

「…………」

そんな中、私は自分の中の違和感がより存在感を増しているのを感じた。いや、今やどろりとした怖気の立つような手触りでもって、私の中にはっきりと居座っていた。

そして、そんな私をまたも小此木課長がじっとりと見つめていることにも気づいていた。もちろん取り合わず、わかりやすく舌打ちまでされても、全力でそちらを見ないように努めていたけれど。

ただ、捜査の進展がはかばかしくないところに取ったこの態度が、さらなる障害を呼び込んでしまった。

会議終了後、しばらくしてから、

「仙波。それと——」

真行寺管理官が仙波主任と、合流した私のことを呼び止めた。

「奥多摩署の氷膳です」

私が名乗ると、管理官は軽く頷いただけですぐに主任のほうに目を戻した。

「一体何です」

特に構えた様子もなく訊く仙波主任に、管理官はにこりともせず単刀直入に言った。

「奥多摩署の刑事課から苦情が上がっている。本部の人間でないお前が、あまりに好き勝手やっていて目に余る、とな」

「……はあ？」

主任は盛大に眉をひそめた。

私も目を見開く。すぐに小此木課長たちを目で捜したけれど、課長はもちろん同僚たちもすでに講堂をあとにしており、姿が見えない。

「……つくづくつまらねえことを」

主任は舌打ちし、詰め寄らんばかりに言った。

「まさか天下の捜一管理官が、この程度のことで目くじらを立てるわけじゃないでしょうね」

聞いている私のほうがどきりとするほど挑発的な物言いにも、管理官は岩のように動じなかった。

「帳場に衝突は付き物だ。だが、所轄の刑事の大半にそっぽを向かれてはさすがに立ち行かん。たしかに捜査員を使うことは了承したが、その程度のことで不和が生まれるのなら、見過ごす理由もない」

そこで私のほうに視線をよこし、

「氷膳巡査と組むのは今週いっぱいにとどめろ。それ以降は別の課の捜査員を回す」

と言った。

その命令で、私が奥多摩署の刑事課でつまはじきにされていることも、仙波主任がそんな私を用いることで不和が生じていることも、真行寺管理官はすべて察しているのだとわかった。

正直に言えば、私にも言いたいことはあった。けれど、警察組織において上司の命令は絶対だ。まして真行寺管理官は、私の想像よりずっと細かく捜査本部に目を配り、その統率と掌握に心を砕いている。それもすべては速やかな犯人検挙のためだろう。そんな仕事の一端を垣間見せられて、私に否やなど唱えられるはずがなかった。

けれど突然切られたタイムリミットが、私にとって痛手以外の何物でもないのも事実だった。今日が月曜なので、管理官が期限とした土曜まで、あとたった五日間しかない。それ以降、私は再び自由には動けなくなる。それまでに、なんとか成果を挙げないと……。

「それから」

私の焦りをよそに、管理官は言った。

「明日一番に、二人で青梅に行け」

「……青梅に？　なぜです」

突然の命令に仙波主任は眉をひそめた。横槍を入れられて配置換えさせられた上に突然の命令とあって、露骨に不満がありそうだ。たしかに管理官は捜査一課での上司に当たるとはいえ、仙波主任はこちらの本部付きの捜査員ではない。指揮系統が違うのだから命令される謂れもない、とでも言いたげだった。

けれど、

「そう尖（とが）るな」

管理官は軽くそれをいなすと、

「医師から樋代絢香の事情聴取の許可が下りた。ようやく容体が落ち着いてきたらしい」

ただ、と私のほうを見て続ける。

「聴取をするのは女性にしてほしいそうだ。今の捜査本部に女性の捜査員は氷膳巡査しかいない」

「だから私たちで行ってこい、と？」

私が訊くと、管理官は頷いた。

「樋代絢香を発見したのは氷膳巡査だ。話を聞くには適任だろう」

仙波主任は鼻を鳴らした。

「いいんですか。よそ者の俺が美味（おい）しいところを頂いちまっても」

「状況に即したままでだ。問題ない。ただし――」

管理官は釘を刺すように続ける。

「仙波。これについては抜け駆けはなしだ。必ず証言を取ってきて、残らずすべて伝えろ。いいな」

要するに、この聴取で花を持たせる代わりに、先ほどの自分の命令にも応じろ——管理官はそう言っているのだ。

上には上がいる、と言っては主任に失礼だけれど、硬軟織り交ぜたその差配は、さすがの仙波主任も認めざるを得なかったらしい。やがて鼻から息をつくと、矛を収めた。

「……了解です。やらせてもらいましょう。ただね、管理官」

主任は細めた目をちらりとこちらに向け、

「大丈夫ですか。ご指名が、この雪女で」

「…………」

管理官も私のほうを見る。そして、やや複雑そうな表情で押し黙った。そこはせめて何か一言欲しかったけれど……文句を言える筋合いではないかもしれない。

なぜなら、私自身も正直不安だったからだ。

5.

翌、六月十五日。

仙波主任と私は真行寺管理官の命令通り、青梅にある《青梅総合病院》に向かった。

奥多摩町には精密検査のできる病院がないため、樋代絢香はこちらに搬送され、そのまま入院しているらしい。

「絢香さんは外傷こそありませんが、かなりショッキングな体験をしたようで、しばらくは一言も口をきけない状態でした。今はようやく落ち着いてきましたが、何があったのかを質問するのは正直賛成しかねます」

四十代のスマートな印象の男性医師は、歯切れのいい口調で私たちに説明した。

「あのねえ、先生。言いたいことはわかりますが、こっちも人殺しを追ってるんですよ。現場に居合わせた人間となりゃ、一刻も早く訊かなきゃならんことが山ほどあるんです」

仙波主任の言い分に顔をしかめた医師は、それでも、

「それはわかっています」

と頷き、

「ですから話を聞く相手は、絢香さんが接しやすいだろう女性に、とお願いしました。それから、話を聞くのはまず十五分程度にしていただけますか。その場には私と親御さんも同席し、もし絢香さんに異変があればすぐに中止させてもらいます。明日以降のことはまた容体を見て改めて。不用意なショックを与えないよう、くれぐれも慎重にお願いします」

仙波主任はいかにも不満そうだったけれど、

「わかりました」

私は頷いた。無理に押しても逆効果になりそうだったからだ。

それに十五分という制限付きの聞き取りは、かつて何度もやったことがあるので勘所も押さえているつもりだった。子供——それも七歳の少女が相手というのは初めてだけれど……うまくやるしかない。

小さく息をついて心を落ち着ける。段取りや質問事項はすべて頭に入れてあった。手帳でメモを取りながらだと、相手が構えてしまう可能性があるからだ。

最後に、両手で口の端を無理矢理持ち上げた。

……よし。

医師の先導で用意された部屋に入る。診療の説明などに利用される部屋らしく、白いテーブルが一つと椅子がいくつかあり、そこに母娘が並んで座っていた。私はまず母親のほうに会釈をする。母親は樋代絢香の入院からこちら、病院に泊まり込んで看病をしているらしく、はっきりと憔悴の色がうかがえた。母親から無言の会釈が返ってきたあと、私は少女に声をかけた。

「——こんにちは、絢香ちゃん。私は氷膳莉花といいます」

樋代絢香は、あの夜見つけたときにくらべればずっと落ち着いていた。小さく丸い肩にかかる黒髪と大きな目が印象的な、やはり可愛い子だ。ただ、小さく頷くように会釈を返してきたその顔色は、決して明るくない。こちらを見上げる目には、見知らぬ大人を前にしていること以上の不安が垣間見える。

私はゆっくりテーブルを回り込むと、足を宙ぶらりんにして所在なげに座る絢香の前にかがみ込んだ。

「今日はありがとう。十分間だけ話を聞かせてくれますか？　もしやめたくなったら、いつでも言ってくれていいからね」

そう言って、口元に全力で弧を形作る。普段まるで使っていない筋肉なので痙攣しそうになるけれど、幸いそこまでぎこちなくはなかったらしく、絢香は目を逸らすことなく、こくり、と頷いてくれた。ただ、その表情はまだまだ硬かったけれど。

ちなみに聞き取りの時間を短く申告したのは絢香の集中力を保つためだ。いつ終わるかわからないことに人間はそう耐えられない。子供となれば尚更だ。けれど、期限を切られれば案外我慢できる。十五分間より十分間ときりをよくしたほうが、その効果もより望めるだろう。

私は彼女の正面に座ると、早口にならないよう気を付けて話しかけた。

「朝ご飯はもう食べた？」

絢香はこちらを見上げ、やはり無言で頷く。

「何を食べたの？　パン？」

「……ご飯」

「美味しかった？」

「……ふつう」

　簡単な質問で返事を引き出し、私と話すこと自体に慣れさせる。まずはこれにたっぷりと時間を使った。おそらく地は活発でよくしゃべる子供なのだろう。他愛のないやりとりを繰り返すうちに、ほんの少しだけ気をゆるめてくれたようだ。

「いつもどんなところで遊んでるの？」

「……外。校庭とか、家の周りとか」

「それ以外の、どこか遠くにも行ったりする？」

　話の行く先を察したのだろう、絢香は口をつぐんだ。けれどそれは現場で見たものや聞いたものへの恐怖ではなく、別のことを心配しているのだとわかった。

「大丈夫。誰も怒らないから。私も、先生も、絢香ちゃんのお母さんも」

　そう言うと、絢香は上目遣いで私のほうを、それから隣の母親のほうを見上げた。母親は頷き、絢香の小さな背中をさする。

「話を聞かせてもらってるのは、絢香ちゃんのことを叱るためじゃなくて、悪いことをした人を捕まえるためだから」

　おそらく普段、一人で遠くへ行かないよう注意されていたのだろう。その言いつけを破ったことや、あるいは、そうしたからこそ事件に巻き込まれてしまったと考え、母からの叱責を恐れていたのだ。

けれど私の言葉と母親の手のぬくもりにほっとしたのか、ややあってから、

「……あと、小屋にも行く。山の」

か細い声で絢香は言った。

私は頷き返し、

「何があったか、憶えてる？」

「……たぶん」

腕時計に目を落とす。残り時間は三分を切っていた。逸りそうになる気持ちを抑え、一つ一つ質問する。

「あの廃屋——小屋にはよく行く？」

「……ときどき」

「一人で？」

「うん」

「ひょっとして、秘密基地なの？」

もう一度、うん、と頷く。宇喜の予想通りだった。

「あの日、小屋に行ったのは何時頃だったか、わかる？」

「学校が終わったあと、家に帰ってすぐ」

　私は母親に訊いた。

「あの日の小学校の放課が何時頃か、わかりますか？」

「……たしか三時頃、だったと思いますけど」

　まだ成田智雄がホテル《久凪》から逃走する前だ。

「小屋では何をして遊んでいたの？」

「片づけ」

「片づけ？」

　予想外の返答に、思わず訊き返してしまった。

「お家は過ごしやすいように、いつも片づけしときなさいってママに言われるから」

　恐縮したように肩を縮こめる母親に対し、絢香は平然としている。家は片づける。それなら秘密基地も片づける。少女の中では理屈の通ったことなのだろう。もちろん悪いことではない。むしろ部屋が散らかり放題の私としては見習うべきところだ。

「そうなんだ。偉いね」

　褒められて嬉しかったのか、俯き加減だった絢香がこれまでより少しだけ顔を上げた。

そして、初めて自発的に口を開いた。

「でも、だんだん暗くなってきちゃって。もう帰ろうって思った」

まるで今まさに、当時の現場にいるかのように言う。たしかに、山道は周囲を高い杉の木に囲まれていた。窓のないあの黒い廃屋では、日が落ちる前でも見通しがきかなくなるだろう。

「そうしたら、そこに誰かが来たの」

何気なく放られたその一言で、再び室内に緊張が満ちた。

「……そう。どんな人だったかわかる？」

「ううん。すぐに隠れたから」

廃屋の周囲はひと気もなく、車もほとんど通らない。誰かがそばにやってくれば足音で気づけただろう。母親の言い付けを破って廃屋で遊んでいた絢香が、すぐに隠れようとするのは当然だ。

「隠れたのは、入って左の棚の下？……小屋に入ってきたのが、どんな人だったかわかる？」

「わかんない。絶対見つかっちゃだめと思って、じっとしてたから」

そう、と私は頷いた。

けれど状況から鑑みて、それはおそらくホテル《久凪》から逃走してきた成田智雄で間違いないだろう。絢香が廃屋で遊び始めたのが三時半だと仮定して、暗くなり始めるのが午後四時過ぎ。それなら成田智雄が廃屋に逃げ込んだだろう時間と、ぴったり一致する。案の定、出入り口脇の壁を背にして立ったままの仙波主任のほうを見ると、私の表情を読んでか、同意を示す頷きが返ってきた。

「それから?」

私は先を促した。けれど、

「それから……」

絢香の顔に、すっと青みが差した。唇を戦慄かせながら、再び俯く。

「……言うの、いや。怖い」

「絢香ちゃん」

そばに控えていた医師が口を開く前に、私は言った。腕時計に目を落とすと、すでに十分が経っている。医師への牽制も込めて、残りの五分をあえて捨てた。

「あと二分だけ。それだけでいいから頑張れる?」

たった七歳の少女に思い出したくないことを無理矢理思い出させて、本当に申し訳なく思う。けれど、ここから先が核心なのだ。訊かないわけにはいかない。

「絢香ちゃんが隠れているところへ誰かが来た。そのあとで、もう一人別の誰かが来た。合ってる?」

私が言い切ると、まだ躊躇いを見せていた絢香は顔を上げた。全部わかっている、というふうに私は頷いてみせる。推論から組み立てた仮説——要はただのはったりだったけれど、少女に踏ん切りを付けさせるには充分だったらしい。

「……たぶん、そう、だと思う」

「それから？」

これ以上の誘導は、こちらの都合のいいように絢香の記憶を改変させてしまう恐れがある。私はもう一度促すだけ促して、辛抱強く少女の言葉を待った。時計の針だけが刻一刻と進んでいくじりじりとした時間の中、絢香の口元が再び戦慄き始める。

「……誰かと誰かが、大声で何か言ってて」

「それは、男の人の声？　それとも女の人？」

「……どっちも、男の人」

「なんて言ってたか、わかる？」

「……わかんない。思い出せない。ただ——」

絢香の目の焦点がふっと失われる。そのときの記憶を反芻（はんすう）しているのだとわかった。

「それが聞こえなくなったら、今度はめりめりって音がして、なんだか変な臭いがしてくるようになった。何してるんだろうってすごく怖くなって、絶対見つからないようにしようって奥に動いたら、がたって音立てちゃって……」

それで、と絢香。

「誰かがわたしの目の前まで来た」

母親が口元を覆う。彼女が声を出すのをなんとか手で制しながら、私も同じようにそれを必死でこらえた。ゆっくりと訊く。

「……その誰かは、絢香ちゃんの目の前まで来たの？　間違いない？」

「……うん」

「その人の顔は見た？」

ゆるく首を横に振る。

「……帽子で隠れてた」

「帽子？」

こんなの、と絢香は手で顔の回りを覆うようなジェスチャーをしてみせる。

「――フード？」

どうやらその何者かはフードを目深にかぶっており、頭の輪郭はもちろん、顔にも濃い影が下りていたためよく見えなかったらしい。

「……その人、手に包丁みたいなもの持ってた。それがどろどろに濡れてて、その先から、ぽた、ぽた、って床に糸みたいに落ちてた。よく見たらその人の胸とかお腹も血だらけだった。この人だれ？　わたし、わたし死ぬの？　この人に、ころ、ころされ――」

絢香は何かに急き立てられるかのように早口になる。私は腰を浮かせ、なだめるように言った。

「絢香ちゃん、落ち着いて。ゆっくり深呼吸を――」

次の瞬間、絢香が悲鳴を上げた。自分の身体を掻き抱き、ぼろぼろと涙をこぼす。母親が声をかけるけれど、絢香はそれが聞こえないかのように浅い呼吸を繰り返す。私が言葉を失っている間に、医師が聞き取りの中止と退室を命じる。

仙波主任と私は、それに従わざるを得なかった。

6.

帰りの運転は、仙波主任に引き受けてもらうことになった。

「今のお前に運転させたら、署に戻るまでに三回は事故りかねないからな」

さすがにそれは大袈裟(おおげさ)――とは言い切れなかった。絢香の変調に、私はどうやら自分でも意外なほどのショックを受けているらしかった。

それでも記憶が鮮明なうちに、絢香の証言を一つ一つ手帳に書き起こし、犯行時の現場の状況を再構成してみる。

「午後三時半頃、絢香ちゃんは遊び場にしていたあの廃屋に向かった。そして四時頃、ホテル《久凪》から逃走した成田智雄が、絢香ちゃんがいるとも知らずにそこへやってきた。すぐに絢香ちゃんは物陰に隠れたので、成田智雄は彼女に気づくことはなかった。けれど、そこへ今度はさらに別の男が現れた」

——誰かと誰かが、大声で何か言ってて。

——どっちも、男の人。

「その男は、絢香ちゃんいわく〝包丁のようなもの〟で成田智雄を殺害。その後、成田智雄の皮を頭から剝いでいった」

——今度はめりめりって音がして、なんだか変な臭いがしてくるようになった。

「けれどその途中、絢香ちゃんは物音を立ててしまった。男は隠れていた彼女の存在に気づいて、作業を中断。彼女の姿を確認すると、すぐに成田智雄の剝いだ皮とともに、その場から逃走した」

ひとまず筋は通っている。

つまり、

「成田智雄も、彼を殺害した犯人も、絢香ちゃんがあそこで遊んでいたことを知らなかった」

「だろうな」

仙波主任はなめらかに車を運転しながら言う。見かけによらず、というと失礼だけれど、想像していたよりもずっと優しい運転だ。

「首から上の皮だけが剝がされ、持ち去られていたのも、全身やるつもりだった作業を途中で中断したからだったとすれば一応納得がいく」

「……はい」

「だが、腑に落ちない点もある」

主任は赤信号で車を停止させ、

「どうして犯人の野郎は、自分の姿や犯行現場まで目撃されたのに、樋代絢香を見逃した？」

そう、私もおおいにそこが引っかかっていた。

絢香は犯人の顔を見ていない。けれどそれは結果論で、犯人自身は与り知らぬことだ。フードを目深にかぶっていたため、自分の顔は見られていないという自信があったのだろうか。それとも絢香とは面識がなく、自分のことなど知らないはずだから大丈夫だと考えたのか。どちらにしても、目撃者をただ見逃す理由としては弱すぎる。……まさかここへ来て、さらに謎が増えてしまうとは思わなかった。

「………」

手帳を閉じる。同時に部屋を出るときに見た、浅い呼吸とともに涙を流しながら母親に取りすがる絢香の姿が脳裏にちらついた。

事情が知りたかったばかりに話を急ぎすぎた、今日のところはまだ本題に入らず、会話自体に慣らすべきだったという反省や、今後聞き取りを制限されて証言が取れなくなるかもしれない、という警察官としての心配もある。けれどそれ以上に、私はただただ絢香の身を案じていた。

いつもなら事件の関係者や被害者にそれほど感情移入することはないし、またそうしないよう気を付けてもいる。個人的な感情を持てば、それは色眼鏡となって、捜査を歪めかねない。

それでも、私はどうしようもなく絢香と自分自身を重ね合わせていた。なぜならかつて、私も絢香と同じような目に遭ったことがあるからだ。

二十四年前、私は何者かに両親を殺害された。『世田谷夫婦殺害事件』として巷で取り上げられるそれで、犯人は、なぜかその場にいた当時二歳半の私だけを無傷で放置したのだ。

もちろん絢香のそれと細かな状況は違う。私は事件のことはおろか、両親の顔や一緒に過ごした記憶すら曖昧なので、現場での恐怖はもちろん、両親を失った悲しみ、犯人への憎しみすら持ち合わせていない。

けれどその凄惨な現場で、私は一生分の感情を吐き尽くしてしまったかのように、今のような性質になった。

そして今日、目の前で慟哭する少女の姿が、まるでかつての自分の姿のように映った。

その姿を思い返すと、いつでも凪いでいるはずの感情の湖面にさざなみが立つのがわかった。怒りでも悲しみでもなく、ただただ彼女を救ってあげたいという気持ちでだ。

湧き上がるそれに突き動かされるように、やがて私は言っていた。

「仙波主任」

「なんだ」

「以前、私におっしゃったことを憶えていますか」

私の唐突な質問に、主任は目だけをこちらへ向けた。

――戻ってくる気があるなら拾ってやる。お前には借りがあるからな。

僭越すぎて、これまで自分からこの話題を持ち出すことはできなかった。けれど、

「江東署をあとにするときにおっしゃった、私への借り。あれを今すぐ返していただけませんか」

「あ？　どういう意味だ」

次の言葉を口にするのには、いささか以上の勇気が要った。

「……明日一日だけ、私の単独捜査を見て見ぬ振りしてほしいんです」

それだけで、私が一体何をするつもりなのか察したのだろう。

「お前……」

仙波主任は目を見開き、それからやや忌々しげに唇を歪めた。

およそ一年前、私は単独捜査、捜査資料漏洩、謹慎無視といった服務規程違反を犯した。それらはすべて、ある人物に違法な捜査協力を求めた過程でのことだ。

そして私は今、再び同じことをするつもりでいた。

目を閉じると、どろりとしたものが胸の中で渦巻くのを感じる。

やはり私は、捜査本部が本命とする怨恨の線に対して違和感を拭うことができない。私の危惧する通り、もし今回の犯人が警察の理解を超えた快楽殺人者であれば、少なくとも今の捜査線のままでは逮捕は難しいだろう。

けれど、私にはもう自由に動ける時間がそう残されていない。今から自分に取れる手立ては、他に思いつかなかった。

それに仙波主任が即座に私の願いを突っぱねなかったのも、決して自身に利のない話ではないからだろう。成田智雄を殺害した犯人を検挙して、遺体の耳と一緒に持ち去られたピアスを取り返すことが主任の目的だ。あとは私の違法捜査を見過ごすリスクと天秤にかけて判断することになるけれど……それ自体は、そう分の悪い勝負ではないはずだ。

信号が青になった。

「……どうしてそこまでする？」

仙波主任はゆるやかに車を発進させながら言った。

私は少し考え、

「一言で言えば……偽善です」

「なに？」

「絢香ちゃんのことが他人事だと思えないから。だから、私は私のためにそうするんです」

それだけで言いたいことが伝わったとは思わないし、そもそもこの気持ちをうまく言葉で伝えられる自信もなかった。ただ提示した交換条件の重さから、生半なことで折れるつもりはないという私の覚悟のほどだけは伝わったと思う。

しばらく返事はなかった。仙波主任が静かに口を開いたのは、やがて青梅から奥多摩町まで戻ってきたときだった。

「――勝手にしろ」

図々しいお願いをすることと、せっかくかけてもらった期待をこんな形で清算してしまうことに対する申し訳なさ、繋がっていたかもしれない蜘蛛の糸を自ら手放してしまった自分への自嘲――様々な気持ちを込め、私は無言で小さく頭を下げた。

手帳の最後のページをめくる。

連絡先の書かれた名刺は少し角が折れ、手帳に合わせて丸まってしまっていたけれど、変わらずそこに挟み込まれていた。私はそれを手に取る。

会わなければ。そして、訊かなければ。
かつて〝怪物〟と呼ばれた犯罪心理学者に。

第三話「怪物のささやき」

1.

——阿良谷静。

この名前を知らない警察官はおそらくいない。それぐらいの有名人だ。ただし、いい意味ではなく、悪い意味で、だけれど。

彼は都内の私立大学で教鞭を執る将来を嘱望された若き犯罪心理学の准教授でありながら、自ら研究データを実地で集めるため、いくつもの猟奇犯罪計画に手を貸した天才犯罪者だ。現在は警察に逮捕されたあと、司法から死刑を宣告され、当局にて拘束されている。

私はおよそ一年前、旧知の間柄であり、また恩人でもある本庁捜査一課の皆川篤管理官の命令に従って、彼に違法な捜査協力を求めた。そして彼のプロファイリングを基にした捜査の結果、なんとか犯人へとたどり着き、事件を終息させるに至った。ただ、その捜査の過程での諸々が問題になり、査問にかけられた末、奥多摩署へ異動となったのだった。

以来、彼とは一度も顔を合わせていない。

けれど。

彼と最後に交わした取引——それだけはきっと、今でも変わらず生きている。

私は、そう信じていた。

六月十六日、午後一時。

私は新宿駅東口近くのカフェで人を待っていた。運よく二人がけのテーブル席に着けたものの、フロアはすでに満席だった。奥多摩町とは違う都心部の圧倒的な人出の多さに、ほんの少しくらくらしてしまう。とはいえ今日は平日なので、これでもまだ少ないほうなのだけれど。

そんな中、待ち人は約束の時刻ちょうどにやってきた。

「——すっかりご無沙汰して申し訳ありません、氷膳さん」

そんな挨拶とともに現れたのは三十代の男性だった。私も椅子から立ち上がり、会釈する。

「こちらこそご無沙汰してます、宝田（たからだ）さん。今回は突然無理を言ってすみません」

背が高くシャープな顔立ちをしている。オールバックにスクエアフレームの眼鏡をかけ、ダークネイビーのスーツを着こなしたスタイルは見るからに仕事ができそうだ。けれど物腰はやわらかく口元も薄く笑っているのに、本心はまるで裏腹なように思えてしまうのは私の気のせいだろうか。

宝田は私を見て、レンズ越しの目を細め、

「氷膳さん、ひょっとして痩せられましたか」

と言った。

私は、はあ、と声を出し、頬を押さえてみる。

「どうでしょう。自分じゃよくわかりませんけど」

事件の数が少なく、デスクワークが増えてカロリーの消費量は減ったけれど、その分以前より道場に通うようになったのでプラマイゼロのはずだ。ただ今回の事件認知からこちら、ひたすら消耗する事態が続いていたので、痩せたというよりはやつれたのかもしれない。

宝田は薄く笑うと、

「そうですか。お忙しいとは思いますが、なにとぞご自愛ください。――ああ、私はアイスコーヒーを」

お冷やを運んできたウェイトレスにそう注文した。……やはり捉えどころのない人だ。彼の注文した品が来るのを、ホットコーヒーを飲みながら待つ。ややあって訊いた。

「近頃の阿良谷博士の様子はどうですか？」

「最悪ですね」

言葉とは裏腹に、それを楽しんでいるかのような口振りで宝田は言った。

「近頃は前以上に手が付けられません。といっても、相変わらず暴れるわけではないのですが。ひたすら房に引きこもって、運動や日光浴の時間にも一切外に出ようとしません。おまけに食事量も激減して、丸一日食べないことも珍しくない。それで何をしているのかといえば、本も読まずテレビも見ず、ときには十数時間、目を閉じたままじっとしているんです。周囲が何か話しかけても完全に無視です。まるで耳が聞こえなくなったかのようにね」

肩をすくめ、

「まあそうして大人しくしている分には構わないのですが。もし健康を損ねたら、それはそれで収監側の責任問題になりかねません。ですから先日も、担当医たちがなんとか外に連れ出そうとしたんですが」

宝田は愉快げに薄く笑って、

「邪魔をするな、見張り屋は黙って監視だけしていればいい——と阿良谷は歯牙にもかけませんでした。それに腹を立てた担当医の一人が肩に手をかけたのですが、阿良谷がその耳元に何事かささやくと、途端に担当医は真っ青になって震え出したそうです。そして、そのまま辞職したとか。おかげでまた担当医が替わりましたよ。この一年で、これで四回目です」

阿良谷博士は人間の思考や心理に精通しているため、催眠術師やメンタリスト顔負けに人の精神を操ることができる。まさに、触らぬ〝怪物〟に祟(たた)りなし、というわけだ。

「……理由は何なんでしょうか」

私が訊くと、宝田は、さて、と小さく首を捻った。

「まあ常人なら四六時中どこにも行けず見張られ続けていれば、その手の奇行に走っても無理からぬところですが。一年前のやらかしが災いして、購買の金額どころか書籍の差し入れさえ冊数を制限されるようになりましたから。とはいえ、あの阿良谷に限ってそれはないでしょう。本人いわく、研究には理想的な環境、だそうですから」

運ばれてきたアイスコーヒーをストローで飲み、話を続ける。

「本人が何も語ろうとしないのであくまで私見ですが、阿良谷の変調の理由は、いよいよ研究のための有益な情報が手に入らなくなったせいではないかと思います。収監されてからというもの、阿良谷は昼も夜もなく、ひたすら世界中の資料を読みあさってきました。論文として発表された目ぼしいものは、あらかた読み尽くしたといっても過言じゃありません。そして今は、以前のように警察の捜査資料も手に入らない状態です。だからいっそ外界情報をシャットアウトして、これまでに溜め込んできた情報の整理をしているのではないかと思います。新旧の情報を整理し、照らし合わせることで、見えてくることもあるでしょうから。ただ――」

からり、とグラスの氷が鳴る。

「……いよいよその作業が終了したとき、阿良谷がどう出るのかは、まるで予測ができませんね。また新たな犯罪計画を練るのか、脱走を企てるのか。それとも、もっととんでもないことをしでかすつもりなのか。尻拭いをするこちらの身にもなってもらいたいものですよ」

言葉とは裏腹に、やはり宝田の口振りは、まるでそのときを待ちわびてでもいるかのように、私には聞こえた。

宝田が私の前に現れたのは、およそ一年前――私の奥多摩署への異動が決まった、その翌日のことだった。

「――氷膳莉花さんでしょうか。私、宝田と申します。いえ、怪しい者ではありません。こちらの電話番号は皆川さんからご紹介いただきました」

阿良谷博士のことで話があると言われ、私は今日と同じように、彼と新宿で会うことになった。

私のとぼしい人生経験上でも、自らを怪しい者ではないと言う人間が怪しくなかったためしはない。けれど部外者が皆川管理官のことを知っているはずがないし、何より実際に顔を合わせた宝田本人が、エグゼクティブな外見にもかかわらず一癖も二癖もありそうな雰囲気をまとっていたので、私は逆に信じられるような気になってしまった。

差し出された名刺には、

『宝田法律事務所・弁護士　宝田久徳(ひさのり)』

という肩書きと連絡先が明記されていた。

「弁護士?……それじゃ、あなたが?」

阿良谷博士の顧問弁護士だという。

「今後、阿良谷との接見をご希望の際は私に。調整に時間がかかるので、なるべく事前にお知らせいただけると助かります」

「阿良谷博士本人は、このことを?」

「もちろん承知の上です」

薄く笑った宝田は、冗談とも本気ともつかない調子で言った。

「勝手にこんなことをすれば、阿良谷に殺されますよ」

それからこれまでの間に、私は博士の近況をうかがうため、宝田と二度会っている。

そこで、博士の様子が日ごとに荒んでいっていることは聞いていた。その原因の一つが、警察の捜査資料が手に入らないためだとすると、私にも責任の一端がある。

実は、阿良谷博士はかつて、都内で発生した猟奇犯罪の捜査資料を皆川管理官から秘密裏に得ていた。警察しか知り得ない事件のデータは、博士の研究におおいに貢献していたのだろう。けれどその関係も、一年前の事件をきっかけに破綻してしまった。そして私はその土壇場で、阿良谷博士にある取引を持ちかけたのだ。

――管理官に代わって、これからは私が事件の捜査資料を博士に提供します。その代わり、私の両親を殺害した犯人を捕まえる手助けをしてください。

博士は、その取引に応じてくれた。

だからこそ、私はこれまで博士のもとを訪れることはできなかった。猟奇犯罪のデータにアクセスできない私がのこのこ出向いたところで意味はないし、博士も望んではいないだろう。だから宝田の連絡先もスマートフォンに登録することはなく、名刺を手帳に挟んでおくにとどめた。いつかまた博士のもとを訪れるようになったときにこそそうしよう、と。

けれど、ふと今更のように思う。

「……どうして阿良谷博士は、あのとき私と取引をする気になったんでしょうか」

大見得を切って持ちかけた取引にもかかわらず、私は未だ奥多摩署で燻り、多くの捜査に携わることも、またそうできそうな目途もまるで立っていない。それどころか、久々の殺人事件の捜査ですら前線から外されようとしている始末だ。そんな自分が不甲斐なく、またどこかで後ろめたく感じずにはいられなかった。

するとと、

「おそらく、あなたに賭けたのでしょう」

宝田の言葉に、私は顔を上げた。

「賭けた？」

どういう意味か捉えあぐねて小首をかしげると、宝田は唐突に話題を変えた。

「氷膳さん。実は私は阿良谷から、裁判での勝ちは別に期待していない、ただし十五年稼げ――そう言われていましてね」

私は目を見開いた。

「十五年？」

「死刑執行までの時間ですよ。一応起訴からこれまでで、もう六年稼いだことになります」

阿良谷博士は、正確には未決死刑囚だ。現在高裁へ控訴中であり、つまりまだ最終的な刑そのものは確定していない。

「ただ、近頃は裁判も多少短縮されるようになりました。もうそろそろ二審が始まる頃合いですし、もしそこでも死刑判決が出て上告も棄却、といった具合にとんとん拍子で事が運べば、二、三年後には阿良谷の死刑が執行されていてもおかしくありません。それを泥仕合にでも何でも持ち込んで、できる限り引き延ばせ、とのことです」

「それはつまり……」

「ええ。おそらく阿良谷も、裁判で勝つ見込みがないとわかっているんでしょう。それについては私も同感です」

阿良谷博士が計画を立案した猟奇犯罪の件数は、彼が関与していた期間に都内で発生した全事件のうちの、およそ七パーセントという膨大なものだ。博士自身は一度も手を下したことはないとはいえ、各事件の犯人との事実上の共謀共同正犯が認められていることから、極刑は免れ得ないだろう。それは私も薄々察していた。

「……宝田さんは、どうして阿良谷博士の弁護を？」

六年前の逮捕時、阿良谷博士はまさしく〝社会の敵〟としてあらゆるメディアから総攻撃に遭い、博士号すらも剝奪されかけた。その博士の弁護を担当するとなれば、宝田も少なからず標的にされただろう。火の粉をかぶったことも一度や二度ではないはずだ。そこまでして博士の弁護を続ける理由とは何なのだろうか。

宝田は、

「まあ、金払いがきっちりしている、というのはありますが」

冗談とも本気ともつかない調子で口元を曲げると、

「それ以上に、興味がありまして」

「興味？」

訊き返す私に、妙な湿度を感じさせる視線を向けてきた。

「この仕事をしていると、それなりにいろいろな事件や、その関係者と顔を合わせます。が、大抵はどれも似たり寄ったりなのですよ。私たちの仕事は手続きに従って、それを落ち着くべきところに落とすだけ。こちらの想像を超えるような出来事はまず起こりません。……この先どうなるのかわからない事件、その行く末が気になる人間というのは、社会にほんの一握りが、阿良谷博士だと？」

「その一握りだけです」

宝田は無言で薄く笑う。そして、

「そういう意味では、私はあなたのことも気になっていますよ」

と言った。

「現状、あの阿良谷静が追い返すこともなく、まともにやりとりをする唯一の女性ですから。実際、話をしていても妙な感触です。おそらく、あまり世間に理解されない動機で動くタイプでしょう？　いえ、詳しくはお訊きしません。ただ、そういうところが阿良谷との相性がいい理由でしょう」

「……はあ」

おそらく褒め言葉ではないだろう。私は小首をかしげ、思ったままを言った。

「そう言う宝田さんもご同類じゃ？」

「はは、とんでもない。私のはただの怖いもの見たさのようなものです」

ともかく、と宝田。

「怪物、阿良谷静が何よりも恐れているのは、己の研究が完成しないまま死ぬことです。それはたとえ塀の内にいようと外にいようと変わりません。思い切った手を取らなければ自分が生きている間に望む成果には手が届かない。そう悟ったからこそ、阿良谷は最新の、より専門的なデータを得るために、犯罪に身を投じまでしたのでしょう。捕まれば死刑は免れ得ないというリスクを承知でね」

宝田はテーブルにグラスを置き、続ける。

「それと同じように、今度はあなたとの取引に応じた。たしかに、あなたが本当に警察の捜査資料を手に入れられるようになるのか確証はありません。ただ私に言わせれば、あなたは阿良谷の理解者であり、共犯者になれる人です。だからこそ阿良谷は己の目的のために、リスクを承知でその可能性に賭けたのではないでしょうか」

私は言葉を返せなかった。

私は、私の目的のために、何としても阿良谷博士の協力が必要だった。

けれど、阿良谷博士にとっても私がそうなのだとは考えたことがなかったからだ。

だとすれば――。

「さて。では、そろそろ行くとしましょうか」

宝田は腕時計を見て言った。

「今後のことはもちろんですが、とりあえずは目先の問題から片づけていきましょう。もし遅刻でもすれば、阿良谷が暇に飽かせてろくでもないことを始めかねません。そうなれば社会の混乱は必定ですし、私も仕事が増えて過労死は必至です」

薄く笑い、

「この国にとっても私にとっても、あなただけが頼りですよ。なんとかあの怪物を鎮めてやってください、氷膳さん」

やはり冗談とも本気ともつかないその調子に、私はうまく言葉を返すことができなかった。

2.

カフェを出た私たちは靖国通り(やすくにどお)りまで出てタクシーを拾い、早稲田(わせだ)の《東京警察医療センター》に向かった。

大久保通りから夏目坂通りを登り、途中で左に折れる。すると緑と黒柵に囲われた敷地内に、清潔感のある白い建物が何棟も建っていた。約一年ぶりに訪れたセンターは以前と少しも変わりなく、ほんの少しだけ感慨深い気持ちになる。

そういえば前回の事件のあと、阿良谷博士は一度、小菅の東京拘置所に身柄を戻されたらしい。けれどその後しばらくして、再びここ《東京警察医療センター》に移されたという。最初にこちらに移ってきたときにもずいぶん強引な方法を採ったらしいけれど、

「今度は一体どんな手を？」

私がそう訊くと、宝田は肩をすくめ、

「別に大したことはしていません。ただ精神科の部長も、以前の宇多川さんから別の方に替わられましてね」

「そうなんですか？」

「ええ。その方が話のわかる方で。まあ、医師としては宇多川さんのほうがまともだったと言えるのかもしれませんが……おかげで私は楽ができたわけです」

タクシーの支払いを終えた宝田は正門を抜け、精神科病棟のほうへ向かった。

「事前に接見の許可は取っておいたので、直接病棟の〝研究室〟に向かいましょう」

研究室、というその隠語に、私はまたも懐かしい気持ちになる。死刑囚は文字通り死をもって刑に服したとされるので、それ以前の拘束は刑であってはならないとされてい

る。以前の阿良谷博士はそれを逆手に取って、収監中にもかかわらず口述筆記で論文を執筆し、弁護士である宝田に発表させて、研究者の査読まで受けていた。その死刑囚らしからぬ生活から、博士の房は担当医の間でそう揶揄(やゆ)されていたのだ。

精神科病棟の受付で担当医を呼び出してもらう。やってきたのは元ラガーマンのような大柄な男性医師で、こちらも以前の青柳(あおやぎ)医師ではなかった。たまたま今日は非番なのか、それとも別の病院や部署へ移ったのかはわからないけれど……一年前に彼が遭った災難を思うと、後者の可能性が濃厚である気がした。

エレベーターで地下へと下りる。白を基調にした廊下はLEDの光で満たされ、気温や湿度も空調で一定に保たれており、相変わらず季節感がなく無機質だった。

廊下の先のモニタールームを兼ねた詰め所で基本的な説明を受ける。——物のやりとりはできない。房の強化ガラスに近づきすぎないように。

そして、接見時間は十五分。

最後に、会話はすべて録音録画するという旨の同意書にサインをした。

詰め所にいる担当医二人の間には、これから猛獣の檻(おり)を開けようとしているかのような緊張が張り詰めている。彼らの目がモニターのほうに逸れたのを見計らって、

「……氷膳さん」

宝田がささやいた。

「釈迦に説法でしょうが、充分気をつけてください。お伝えした通り、阿良谷のコンディションは最悪です。先日の一件に加えてまた何かやらかせば、センター側も接見中止にせざるを得ないでしょう。それどころか今後、長期の接見禁止処分もあり得ます」

小さく頷く。もちろん承知していた。

ただ。

今の私には、まず博士に伝えたいことがあった。それを伝えるまでは、たとえ何があっても引き下がるわけにはいかない。

担当医の指紋認証で、いよいよ房へと続く廊下の扉が開錠される。それをくぐった私は、けれど思わず足を止めてしまった。

廊下が暗かったからだ。

天井に点々と設置された常夜灯の、ぼんやりとした暖色の明かりしかない。背後で大袈裟なぐらい重々しい音とともに扉が閉まると、いよいよ先の見通しがきかなくなった。足元に何か転がっていれば、間違いなく引っかかってしまう暗さだ。そんな中、左手にガラスが嵌め殺された無人の房が並んでいる光景は、まるで打ち捨てられた廃病院のようだった。

初めてこの場所を訪れたときは、顔を合わせるまでもなく、帰れ、と言われてしまった。けれど今はこの闇にこそ、博士の無言の拒絶が表れているように思えた。

それでも私は、耳が痛くなるような静寂の中、靴音を響かせながら廊下を進んだ。

博士の〝研究室〟は、六つ目の房のはずだ。

私は一つ、二つ、と心の中で房を数え……やがて、その前で足を止めた。

大きなガラスの向こうは、やはり濃い闇に沈んでいた。

以前と変わりがなければ、そこは六畳ほどの広さのスペースになっているはずだ。かろうじて見えるのは、右手に置かれたシーツのかかったベッドのみ。

そこに、まるで黒い影法師のように、彼はいた。

「……阿良谷博士」

かつての彼は、たとえ一秒たりとも無駄にはできないと言わんばかりに、常に資料を読み、知識をたくわえ続けていた。けれど今はその両足をただただベッドの上に投げ出し、上半身を壁に預けているだけだ。その顔は、暗がりに紛れて見えない。

「お久しぶりです、博士」

私が声をかけても返事はなかった。それどころか、身じろぎの気配すらない。

ふと、私もまた博士に見限られてしまったのではないか、という懸念が頭をもたげる。いつまでも肝心の捜査情報をよこさない私などもう必要ない――この態度は暗にそう言っているのではないか、と。

もちろん博士とて、私が一年やそこらで刑事に復帰し、多くの捜査に携われるエースになるなどと夢みたいなことを考えてはいなかっただろう。けれど、人の気は変わるものだ。そして、私は博士の与り知らぬところでとはいえ、そうされても仕方のないことをした。

「……博士。聞いてください」

この人の注意を引きたいのであれば、何よりもまず事件のことを話すべきだとわかっていた。己が研究のためにそれまで築いたキャリアから輝かしい将来まで、文字通りすべてを擲(なげう)った人だ。一にも二にも、頭の中にはそれ以外ないと言っていい。それに、時間の猶予もない。事件の詳しい説明をして、その分析を聞き取るだけでも、十五分という時間は決して充分とは言えない。

それでも私は、やはりまず最初に伝えるべきことから始めるべきだと感じた。そうすることが、身勝手な取引を持ちかけ——また、それに背いた者としての、最低限の筋だと思ったからだ。

「……私はここに来るために、本庁の主任刑事に作った貸しを返してもらいました。その人は私に期待してくれていて、ひょっとすると本庁への異動に口添えしてくれるかもしれなかったんです。貸しの対価としてそうしてもらうことが、私が博士と交わした取引にとって一番の近道だったにもかかわらず、です」

やはり博士からの返事はなく、目の前の闇からは、こちらを一顧だにしない拒絶の意思を感じた。かつて取り調べで阿良谷博士に暴力を振るった刑事は、彼のマインドコントロールで自ら目を抉り出すよう仕向けられたことがある。彼の領域に土足で踏み込むことは、自殺行為そのものだ。それでも私はその報いを受ける覚悟で、彼とは向き合いたかった。

「もっと他にやり方があったのかもしれません。ですけど……私はどうしても、今回の事件を解決したいんです」

奥多摩町で起こった不可解な猟奇殺人と樋代絢香のことを、私はかいつまんで話した。事件の現場に居合わせながら犯人から見逃された少女のことを。そして、かつての自分に重なるところがある彼女を、どうしても見過ごせないことを。

「……結局のところ自分のためですし、勝手なことは重々承知しています。ですけど、それでも……どうか力を貸してください、博士」

小さく頭を下げる。ちらりと視界に入った腕時計は、すでに五分近くが過ぎたことを示していた。

そのときだ。

ふと、空気が動いた気がした。

強化ガラスには声を伝えるための、小指の先より小さな孔がいくつか開いており、廊下と房は厳密には完全に遮断されているわけではいない。けれど、当然空気の流れが肌でわかるほどではないので、私が感じたそれもきっとただの錯覚だったのだろう。

それでも。

私が顔を上げると、闇の向こうからふっと人影が現れた。

ガラスの前に立った彼は、半眼で私を見つめながら、不機嫌そうな声音で言った。

「……あの弁護士が何を言ったか知らないが。僕は、これまでに他人を当てにしたことは一度たりとてない。もし誰かが自分の思い通りにならなかったときは、ただ自分に見る目がなかった――そう思うだけだ」

三十六歳という年齢に似つかわしくない、どこかあどけなさすら残る顔立ちに、ラフな髪。まるで世界中のすべてが敵だと言わんばかりの険しさを湛えた目。黒のタートルネックに細身のパンツ、足にはベリーショートのソックスという無駄のない服装で、ポケットに指を引っかけ、ぶらりと立っている。

「他人に責を問うことは、自分の力で現実を変えられないと認めることになる。僕はそうはしない。これまでも、これからもだ」

その姿も、その言い様も、何もかもが以前と同じだった。

私はどんなときでもほとんど感情の揺れが起こらないし、表情も変わらない性質だ。

それでも、このセンターや〝研究室〟と同じく、およそ一年振りに目にする懐かしい人物に、自分でも気づかないぐらいわずかに体温が上がっていたのかもしれない。

「……博士、少し痩せましたか？」

気づけば慣れない、どこかで聞いたような冗談を口にしていた。

場にそぐわないそんな軽口に、

「……ここには鏡も体重計もないんだ。わかるわけがないだろう」

阿良谷静は律儀に顔をしかめる。

そして、

「資料を。そのために来たんだろう」

「はい」

私は頷き、鞄からファイルを取り出す。前回のそれとはくらべものにならないほど持ち出すのに苦労した、今回の事件の捜査資料だ。私だけでなく、本部の捜査員全員が寝る間も惜しんで調べ上げた貴重な情報であり、これを外部にもらすことは明確な違法捜査に当たる。

……けれど博士の言う通り、私はそのためにここまで来たのだ。規則を破ることへの葛藤の始末と危ない橋を渡る覚悟は、両方ともすでに済ませてある。

資料を見るためにもう一歩ガラス際へ近づいてきた阿良谷博士は、不意に中空を見上げ、大真面目な顔つきで言った。

「……何をしてるんだ、気がきかないな。さっさと明かりをつけてくれ」

3.

事前の説明にもあった通り、あちらとこちらで物のやりとりは一切できない。そこで例のごとく、私は開いたファイルをガラスの前で広げた。

かすかに上半身を折った博士は、無造作にそのページを見つめる。A4横書きの捜査資料の左上から右下にかけてさっと視線をすべらせ、

「――次」

と言う。

相変わらず、きちんと読み込めているのか不安になるぐらいの速読だ。私は博士の指示に従ってページをめくりながら、彼の灰色がかった髪や、女性のようにきめ細かい頬を見ていた。……さっきは冗談で口にしたけれど、やはり以前よりも少し痩せた気がする。こんな身動きの取れない環境で、どうやったら体重を落とせるのだろう。

三十ページ弱の捜査資料に一分とかからず目を通し終えた博士は、身を起こして小さく鼻を鳴らした。

〝研究室〟にはすでに明かりがつき、すっかり室内の様子が見渡せるようになっていた。

床や壁は廊下と同じ白で、右手にシーツのかかったベッド、左手にはアイアン製の簡素な書き物机とスツールが一つずつ。奥には小さな便器と手洗いがある。以前と同じく、完璧主義なミニマリストが生活している部屋のようだ。

腕時計を見ると、残り時間は八分しかなかった。あまりに少ないけれど、今はそれを嘆いている時間すら惜しい。私は単刀直入に訊いた。

「博士、何かわかったことはありますか？」

すると、返ってきたのはこれまた聞き覚えのある毒舌だった。

「警察は相変わらずデータをまるで活用できていない無能の集団だ、ということがよくわかった」

遠慮なく警察を扱き下ろすその口振りに、私はまたも懐かしい気持ちになる。以前も何度となくこの調子でやられ、おおいに閉口したものだった。

……和んでいる場合ではない。

目顔で先を促すと、博士はくるりと回れ右をしてベッドに戻った。片膝を立てて座り込み、頬杖をつく。そしておもしろくもなさそうな顔つきで、さらりと重大なことを口にした。

「まず大前提として、この殺人は過去の怨恨を動機としたものじゃない。内的な衝動を動機としたもの——つまり、純粋な快楽殺人者の手によるものだ」

「え」

私は目を見開いた。自分が抱いていた違和感はやはり間違っていなかった――そう思う一方で、捜査本部が進めている怨恨の線をなぜそこまではっきり否定できるのだろうか、と疑問にも思う。

「根拠は何ですか？」

「……君は前回の事件から何も学ばなかったのか？」

博士はあからさまに見下したような半眼になった。

正直、時間がないのだからすぐに教えてくれても、とは思ったものの、犯人像の分析で後手に回っているのは警察が古い捜査観を更新できていないから、という事実は前回も指摘されたことだ。この先も博士からすんなり答えをもらえる保証はないし、何よりそれでは芸がない。自分たちも考えて答えを導き出していかなければ。

少し考え、私は言った。たしか前回の事件では、博士はまずこれを手がかりに、警察が思い浮かべている犯人像への誤謬を指摘してみせたはずだ。

「犯行の手際のよさ、ですか」

「そう。まず一つ目がそれだ」

博士は勿体ぶることなく肯定した。

「前後の状況や現場に居合わせた樋代絢香の証言などを照らし合わせて整理すると、成田智雄が現場の廃屋に逃げ込んできたのが午後四時頃。その後、犯人がやってきて成田智雄と争い、殺害、皮を剝ぐまでと、そう時間がかかっていないことがわかる。犯人は殺しと皮剝ぎに相当慣れている。これまでにも同じ犯行を何度か繰り返しているはずだ。そんな犯人の動機が怨恨であるはずがない。間違いなく内的な衝動に従った結果だ」

それから、と博士は淀みなく続ける。

「二つ目の理由は、致命傷となった切創だ」

「切創というと、喉仏の傷ですね」

成田智雄は喉を刃物で真一文字に切り裂かれ、その出血が気管から肺に侵入。結果、溺死のような死に方をした――司法解剖でそう判明したことは、会議でも報告があった通りだ。

「犯人は成田智雄の腕や足を刺し、動きを止めてからとどめを刺している。だが、ただ殺すなら、そのまま胸や腹を刺すだけでいいはずだ」

「あ」

言われてみて、たしかに、と思う。

人間は距離を取ろうとするとき、まず上半身から遠ざける。そんな相手の首に刃物で致命傷を与えるには、あえてそうしようと狙わなければ難しい。つまりこの殺し方は偶然ではなく、犯人が意図的にそうしたということだ。

「以前も説明した通り、快楽殺人者は殺人と欲求が分かちがたく結び付いているため、手口を変えることができない。わざわざ喉を切り裂くという妙な殺し方。これは間違いなく、この犯人特有の性向だ。その後の行動も、それを裏付けている」

「というと」

「犯人がどういった経緯で成田智雄の殺害に至ったのかは知らないが、その後の皮剝ぎまでその場でやるのは明らかにおかしい。殺人者は普通速やかに痕跡を消して現場を離れるか、さもなければ遺体を見つからないように隠すのが鉄則だ。だがこの犯人は逃げるでも、遺体を移動させるでもなく、悠長にその場にとどまった挙句、あまつさえ遺体の皮を剝ぎ始めた。どう考えても非論理的だ。が、それもまた犯人にとっては特有の性向であり、すべからくそうしたんだろう」

思わず目を瞠（みは）った。これまで謎だった犯人の行動と意図が、博士のプロファイリングでみるみる明らかにされていく。

そう……これこそが阿良谷静なのだ。

メモを取る時間さえ惜しく、私は必死に博士の分析を記憶に刻み込んだ。

「喉を切り裂く殺し方。皮剝ぎ。これらは犯人にとって、必ず切実な意味がある」

「意味……それはどんな？」

「不明だ。今のところは。ただ——」

博士は思案げに目を細め、しばし黙り込んだ。どうしたのだろう、と私が不審に思って小首をかしげると、

「……人間の皮を剝ぐという行為は、歴史上枚挙に暇がない。快楽殺人者の犯行としては、やはりエド・ゲインのそれが有名だ。聞いたことぐらいあるだろう」

以前はあまりの無知ぶりを披露して盛大に呆れられた私でも、それぐらいは知っていた。一九四〇年代から五〇年代にかけて、アメリカのウィスコンシン州ワウシャラ郡で――という時代と場所は、あとからネットで調べ直して知ったのだけれど――女性を殺害し、さらに墓を暴いて遺体の皮を剝ぎ、衣服や装飾品、家具などの材料にしたという快楽殺人者だ。現在もあらゆる場で取り上げられ、連続猟奇殺人犯の代名詞のような存在となっている。

「エド・ゲインに代表されるように、皮を剝ぐタイプの快楽殺人者の標的は、例外なく女だ。だが今回のケースは、まずそこからして食い違っている。しかも、皮を剝ぐ行為にたっぷり時間をかけて楽しんだ形跡もない。これまでのサンプルに一切当てはまらない」

「つまり？」

私が問うと、博士はまるで獲物を前にした肉食動物のような光をその半眼に湛え、

「この事件は、これまで知られていない動機や衝動に根差した殺人である可能性が著し

く高い」

と言った。

その言葉に、私は絶句してしまった。……あののどかな田舎町で、これまでの犯罪史に類を見ないような猟奇犯罪が？

いや、と内心で首を振る。まだ頭から信じ込んでしまうわけにはいかない。そもそも快楽殺人者の仕業だとすると矛盾が生じることは捜査会議で取り上げられており、資料にも明記されている。それについてはどう考えているのだろう。

私が質問しようとしたときだ。

「——次は僕の番だ」

と、博士が言う。どうやら以前と同じく、互いに一問一答の形式を取るつもりらしい。あくまでフェアな姿勢が博士らしく、本当の意味で切れが戻ったのだと思えた。

「わかりました。どうぞ」

私が頷くと、博士は研究対象を冷徹に見つめるような目つきで、

「あれ以降、君の両親を手にかけた犯人について、何か思い出したことは？」

と訊いてきた。

両親が殺害されたとき、私はまだ三歳にも満たない幼児だった。だから現場で起こったことを、何一つしかと憶えていない。

けれどその後、もう少しだけ長じてから、時折ぼんやりと残像のように脳裏に浮かぶ光景があった。

私を覗き込んでいる大人の顔だ。黒くぼけていて、その輪郭すらはっきりしない。

これまでそれが、写真でしか顔を知らない私の両親なのか、それ以外の誰かなのか、判然としなかった。

ただ――

「……火傷(やけど)が」

「火傷？」

その誰かが不意に、私のほうに手を伸ばしてくる。

その手の甲には、火傷の痕のような、引きつれを起こした皮膚の爛(ただ)れがある。

いつの間にかそんな光景が、これまでのそれの中に紛れ込むようになっていた。

この記憶に触れようとすると、私はいつも言い知れない黒い不安が頭をもたげ、鼓動が速くなる。……このまま先へ進むと何か取り返しがつかなくなるような、自分が自分のままではいられなくなるような、そんな感覚だ。

「ひょっとすると、ただの勘違いかもしれませんけど」

私は不安をごまかしたくて、思わず言っていた。

けれど考え込む素振りを見せていた博士は、そんな私の言葉を、いや、と否定し、

「これまで意識してこなかった己の内面に向き合ったことがきっかけで、しまい込んでいた記憶が顕在化した、という可能性は充分にある」

顔を上げて、こちらに視線を戻す。

「とはいえ無理に思い出そうとすると、記憶そのものを歪めてしまう危険性もある。とりあえず、今はここまででいい」

君の番だ、と博士。

私は軽く息をついて頭を切り替え、質問した。

「成田智雄が廃屋に潜伏していることを、犯人は知り得なかったはずです。つまり犯人は、偶然通りすがっただけの成田智雄を標的に選んで、しかも警察から逃走するその背中を追いかけて殺害に及んだ、ということになります。冷静に辛抱強く標的と機会をうかがう快楽殺人者の仕業としては、あまりにそぐわないように思えますけど」

返ってきたのは突き放すような一言だった。

「それを考えるのは僕の仕事じゃない」

言葉に詰まる私に、博士は続ける。

「現場の状況から犯人のプロファイルを分析する――それが僕の仕事で、その結果は絶対だ。もしそれが間違っていたり、矛盾が生じたりするのだとすれば、それは警察が何か現場の状況を取りこぼしていて、必要なデータがそろっていないだけだ」

たしかに博士の言い分は道理だ。ただ刑事の仕事は疑ってかかること。あっさり呑み込んでしまうわけにもいかない。少し考え、訊いた。

「一見すると快楽殺人者の仕業のように思えるけれど、実はそうじゃない、という可能性はありませんか？　例えばバラバラ殺人が一見猟奇的に思えるものの、実は遺体を運搬しやすいようにしただけというように、今回の皮剝ぎにも何か合理的な理由がある、とか」

「ない」

にべもないとはこのことだった。博士は呆れたように息をつくと、足と頰杖を組み替え、

「たしかに君の言う通り、バラバラ殺人の実態は、遺体を処理しやすくするために解体した、というケースがほとんどだ。重い遺体を軽くして運搬しやすくするのはもちろん、さらに細かく刻み、砕いて、ゴミの収集に出す、トイレに流す、山林に埋める——そうされた事例は、国内だけでも掃いて捨てるほどある」

そう。

警察官になると、殺人事件のニュースに気を配るようになるためよくわかる。公表されないことが多いけれど、実はきょうびバラバラ殺人はそう珍しくないのだ。対象を全国に広げれば、毎年三、四件は認知されている。けれど、それらに猟奇性は一切ない。

あるのは、ただ必要に迫られた切実さだけだ。

　誰かを殺したあとに犯人が直面する問題は、一にも二にも遺体の存在だ。もし他に証拠があったとしても、最悪、遺体さえ上がらなければ殺人容疑での立件はされにくくなる。ゆえに、殺人犯は必死で遺体を隠そうとする。けれど遺体は重く、運搬することすら難しい。だからバラバラに解体するのだ。

「だが快楽殺人者の仕業であるケースも、当然ながらいくつもある。人体の解体そのものに性的興奮を覚えるケースはもちろん、いわゆるカニバリズム――人肉食を嗜好するためにバラバラにするケース、人目につくように遺体の一部を展示して世間や警察へアピールする劇場型ケースなど、挙げればきりがない。必要なのは、それぞれの事件ごとの的確な分析だ。遺体をバラバラにしたという一構成要素だけで、快楽殺人者の仕業だ、そうではない、と安直に選り分けるのは、理解からもっとも遠い行為だ。――皮を剝ぐという行為にも、当然同じことが言える」

　以前は大学で教鞭を執っていたせいか、自身の研究分野について語るときの博士は、どこかそれらしくなる。

「遺体の皮剝ぎにも、たしかに快楽殺人以外の理由は挙げられる。特に皮剝ぎに加え、鼻や耳を削ぐという行為は、公私にわたる刑罰として古今東西で取り入れられていたものだ。これらは見せしめの意味合いが強く、現代社会ではマフィアが用いることがある。

だが、今回のケースにはやはり当てはまらないだろう。成田智雄を殺害したのがその筋の人間だとは状況的に考えにくい。鼻や耳を削いだのは、あくまで手際よくスピーディーに顔の皮を剝ぐため、といった意図がうかがえる」

断言するだけあって、あらゆる可能性を検討済みだったらしい。

博士の分析には説得力がある。私はやはり、今回の事件は快楽殺人者の仕業だという博士のプロファイリングを信じようと決めた。

けれど……そうするとやはり犯人の行動に矛盾が生じる。それもまた博士の言う通り、警察が何か手がかりを取りこぼしているせいなのだろうか。だとすれば、それは一体何なのだろう。

――この事件は、これまで知られていない動機や衝動に根差した殺人である可能性が著しく高い。

ふと、先ほどの博士の言葉が脳裏によみがえった。

直感的に思う。

ひょっとしてこの事件の謎を解く鍵は、そこにこそあるのではないだろうか。

「――僕の番だ」

博士が訊いてきた。口元にこぶしを当てて考え込んでいた私は、顔を上げる。

「新たに記憶が引き出されたことで、何か心境に変化は？」

今日の博士は、久しぶりに対面した私の変化を見きわめようとしているかに思えた。けれど、それは私にとってもありがたいことなのかもしれない。自分自身を客観視することは誰しも難しく、他者に指摘されることで初めて気づけることも多いからだ。事実、私は博士の深い目に誘われ、自分の心の裡を覗き込むような気持ちになっていた。

「……きっと以前より、真実を知りたい気持ちが強くなったと思います」

私には両親と一緒に過ごした記憶がない。その後、預けられた養護施設での生活も幸福なものだった。だから両親を失ったことの悲しみも、犯人への憎しみも持ち合わせておらず——そのことに警察官として密かに引け目を感じてもいた——いわば両親や犯人のことは、私にとって何一つ実感のないものでしかなかった。

けれどほんのわずかではあるものの、その彼らに繋がる記憶を思い出したことで、どこか茫洋としていた両親や犯人のことが、自分と関係のある存在なのだと思えるようになった気がしていた。

だからこそ、こうも思う。

「それと……少しだけ、恐れる気持ちもあります」

自分に繋がった過去の記憶。

この先に、一体何があるのか？

それをたぐり寄せたいと思う一方で、逆に引っ張り込まれてしまうのではないかと不安になるような、そんなどっちつかずな気持ちに駆られてしまう。

「断言はできないが」

博士は私を見つめながら言った。

「これまで押しとどめていたものが流れ出るように、この先、少しずつ当時の記憶を思い出していくかもしれない。それを必要以上に歓迎する必要も、また恐れる必要もない。そのときどきの自然な気持ちに従えば、それでいい」

無頓着に放られたその言葉は励ましているようにも、またやはり突き放しているようにも聞こえたけれど、私はほんの少し心が軽くなるのを感じた。

「はい」

返事をする私に、博士は無感動に言う。

「――君の番だ」

腕時計を見ると、残り時間はもう三分を切っている。おそらくこれが私の最後の質問になるだろう。祈るような気持ちで訊いた。

「博士。成田智雄を殺害した犯人の、詳細なプロファイルを教えてください」

けれど、

「性別は男。年齢は二十代から五十代。住所は奥多摩町及びその近隣。――以上だ」

あまりにらしからぬざっくりとした分析に、私は目をしばたたかせた。

「あの……それだけですか？」

思わずもれた本音に、私の見間違いでなければ博士は一瞬むっとした顔を見せた。努めて作ったような表情で淡々と語る。

「成田智雄を殺害できたことと、樋代絢香の証言から、犯人が男であることは間違いない。年齢も前述の理由と、これまでのサンプルの統計から複合的に判断した。住所は犯行のタイミングからうかがえる。よその人間の流しの犯行とは考えにくい。ただ、それ以外のプロファイルに関しては導き出すためのデータが足りない。犯行の類型も、逃走者の成田智雄を殺害しているところから行き当たりばったりな無秩序型のようだが、その一方で現場に指紋や足跡といった手がかりをほとんど残していないところから秩序型のような特徴もあり、いわゆる混合型に分類される。社交性に関しても、現場に選んだ場所の印象から非社交的なようだが、反面隠れていた樋代絢香の前に堂々と姿を現すような積極性も持ち合わせていて、捉えどころがない」

「……それじゃ、犯人に迫るための糸口はないということですか？」

いや、と博士。

「二つある」

「二つ？」

勢い込んで飛びつく私に、博士は鬱陶しそうな顔で続けた。

「この犯人が、過去に同じような殺人を繰り返していることはすでに触れた通りだ。ただ奥多摩町やその近隣では殺人事件こそいくつもあるが、遺体の皮が剝がされていたというケースは過去三十年遡ってもない」

阿良谷博士はまさしく怪物的な博覧強記ぶりで、古今東西の猟奇犯罪にまつわる膨大なデータを残らず記憶し、また自在に引き出すことができる。だからこそ資料や文献に気軽にアクセスできない隔離された独房の中でも、何不自由なく研究することが可能なのだ。本人はそれを、さもちょっとしたテクニックであるかのように語るけれど、到底私には真似できない。その博士が言うのだから、過去に該当するケースは間違いなくないのだろう。

あの穏やかな町で、これまでに人知れず陰惨な猟奇殺人が繰り返され、しかも未だ表沙汰になっていないという事実に改めて戦慄を覚えながら、私は言った。

「わかりました。該当ケースに繋がりそうな、それらしい端緒が過去になかったか、調べてみます」

もちろん具体的に何を調べればいいのかもはっきりせず、文字通り雲をつかむような話だ。ただ、何よりも今は時間がない。私は、「二つ目は？」と先を促した。

「二つ目は、現場にいた目撃者の少女だ」

「……絢香ちゃんが？」

「当然だが、ほとんどの快楽殺人者は警察に捕まることを何より恐れる。捕まってしまえば殺しの快楽を味わえなくなる。連中にとってそれは、呼吸を止められるに等しい苦行だ。だからこそ、快楽殺人者が意味もなく目撃者を見逃すケースは絶対にあり得ない。いくら子供とはいえ相手は七歳——見たもの聞いたものを憶え、証言もできる年齢だ。にもかかわらず、犯人は彼女を見逃した。そこには必ず何か意味がある」

たしかに、それは私が個人的に一番引っかかっていることでもあった。

「樋代絢香について調べろ。生い立ちからこれまでにわたってすべてだ。その中に、必ず何か手がかりがある」

これについても、私はどう手を付けるべきか考えあぐねた。たった七歳の少女を快楽殺人者が見逃す因縁——そんなものが本当にあるのだろうか。

けれど……博士の分析を信じると決めた以上、他に手はない。

「わかりました。やってみます」

私が頷いたときだ。

「——時間です。退出してください」

天井のスピーカーから担当医の声が聞こえてきた。どうやらここまでらしい。

「すみません、博士。博士の質問はまた次回でいいですか？」

私の質問から始めたので、最後は博士の質問で終わらないとフェアではない。そう思

って訊いたのだけれど、

「……君は相変わらず、警察官として少しおかしいな」

呆れたような半眼で、嘆息するようにそう言われた。

そういえば以前も博士に指摘されたことがある。警察官は皆、多かれ少なかれ罪を犯した人間を憎んでいる。だから、彼らに対してフェアでいようと心がけることもまずない。けれど私は先の理由から、自分の両親を殺害した犯人のことすらうまく憎めずにいる。だから博士に対しても敵意や不快感を持ち合わせておらず、警察官としては異質だ、と。

「警察官としては下の下の、半端者ですから」

私は自虐めいた物言いで返す。ただ、そのことをもうあまり気にしてはいない。私なりの刑事としての在り方をすでに見つけたからだ。

すると、博士は鼻を鳴らしてこう言った。

「僕との取引を半分反故にしたんだ。むしろ以前よりは真っ当になったぐらいのものだろう」

私は瞬きする。その反応に、博士も自分らしくなかったと思ったのか顔をしかめ、手を振った。

「……もういい。さっさと帰ってくれ。いい加減しゃべりすぎて喉が限界だ」

そのままこちらに背を向け、ベッドに横になる。

……和んでいる場合ではない。もちろんそれはわかっているけれど。

私は横になったその背に一礼し、言った。

「また来ます、博士」

第四話「骨は拾わない」

1.

「宝田さん、私はここで。博士との接見のときには、またよろしくお願いします」

東京警察医療センターを出てすぐに私がそう言うと、宝田は心得ているといったように薄い笑みを浮かべた。

「ご武運をお祈りしますよ」

宝田と別れた私は夏目坂通りを登り、地下鉄東西線の早稲田駅に向かった。今日も空は梅雨らしくくすんでいて、はっきりしない天気だった。ここから電車で二時間はかかる山奥の奥多摩町は、今頃どんな空模様だろうか。そんなことを考えつつ早足で歩きながら、私はスマートフォンで電話をかけた。

「――何だ」

「お疲れ様です、主任。今よろしいですか」

私が抜けたため今は一人で地取り中だろう仙波主任に、阿良谷博士との接見で得たプロファイリングの結果を手短に伝える。今回の事件の犯人は快楽殺人者である可能性がきわめて高いこと。分析から導き出された犯人像。そして、犯人にたどり着くための二つの糸口——。

私は早稲田駅の階段を駆け下りながら言った。

「主任、無理を承知でお願いします。今回の犯人に繋がりそうなそれらしい端緒が過去に奥多摩町でなかったか、調べていただけませんか」

この件に関して、これ以上仙波主任に頼める筋合いでないことはわかっている。けれど、私一人ではあまりに手が足りない。真行寺管理官が主任と私のペアを見直すとしたタイムリミットまで、今日を除けばあとたったの三日しかないのだ。それを過ぎれば今度こそ私は自由に動けなくなる。今は一秒でも時間が惜しかった。

すると。

「とりあえず樋代絢香の歳に合わせて、過去七年間に絞るぞ。闇雲に網を広げてもきりがねえからな」

鼻を鳴らしながら返ってきたその言葉に、私は目をしばたたかせてしまった。

「……やっていただけるんですか？」

「……お前が頼んできたんだろうが」

私の余計な一言に、仙波主任は面倒臭そうに言う。

「別にお前のためじゃない。使えるものは何だって使う。それだけだ」

「ありがとうございます」

私は仙波主任に、そしておそらくは私たちの仕事をすべて任せることになるだろう仙波班の刑事たちにも心の中でお礼を言った。

電話を切ると、ちょうど中野方面行きのホームに電車がやってきたので、私は車輛に乗り込んだ。席がすべて埋まっていたので、ドア脇のスペースを確保すると、スマートフォンで目的地までの乗り換えを検索する。

奥多摩町に戻る前に、私はもう一方の糸口をたぐり寄せなければならない。

――樋代絢香について調べろ。生い立ちからこれまでにわたってすべてだ。その中に、必ず何か手がかりがある。

ただ問題は、はたして彼女から話を聞くことができるかどうかだ。

昨日、私たちが聞き取りをしたとき、樋代絢香はひどい恐慌状態に陥った。いつまたあれがぶり返すのかわからないとなると、本人から話を聞くのは難しいかもしれない。そもそも、医師も聞き取りの許可を出さないだろう。隙を見て無許可でやってしまうこともできなくはないけれど……正直、樋代絢香にこれ以上負担を強いるような手段は取りたくない。

私はじっと方策を考えた。

午後四時過ぎ。

青梅駅の南口を出た私は、昨日訪れたばかりの青梅総合病院に徒歩で向かった。灰色の空は西に向かうにつれてより濃くなり、今にも一雨来そうな気配だった。

青梅総合病院の小児病棟に入り、エレベーターで樋代絢香の入院している病室へと上がる。病室には樋代絢香本人と、やはり付きっ切りで看病している母親の姿があった。ただ樋代絢香はベッドではなく椅子に座っており、周囲の棚やサイドボードの上も綺麗に片づけられている。

私は意を決し、

「――絢香ちゃんのお母さん」

室内に入って声をかけた。

「奥多摩署の氷膳です。昨日は、お話を聞かせていただいてありがとうございました」

振り返った母親は、ただでさえ疲労のせいでか思わしくない色を浮かべた顔を、ますます曇らせた。

「あ、ええ……」

私を警戒しているのだろう。対して絢香本人は表情こそ優れているとは言えないものの、私の顔をはっきり憶えていないのか、特に何ということもない態度なのがせめてもの救いだった。こんにちは、と声をかけると、怖々といった様子ながら、

「……こんにちは」

と、挨拶を返してくれる。

「退院されるんですか？」

「……ええまあ。体調そのものに問題はありませんし、ひとまず家に帰って様子を見ようということになって……。それより、あの――」

一体何のご用ですか、と迷惑そうに訊いてくる。決して激したりはしないものの、こちらが対応を誤れば、すぐにナースコールのボタンを押されかねない目をしていた。

とはいえ、こちらもこのまま帰ってしまうわけにはいかない。私は可能な限りしおらしく見えるような顔つきを作って言った。

「お忙しいところすみません。ただ、少しだけお話を伺えないかと思いまして」

母親の表情がさっと陰る。

「それは先生に相談しないと――」

「いえ、待ってください」

私はすぐに言った。

「今日は絢香ちゃんじゃなく、お母さんからお話を聞かせてほしいんです」

母親は虚を衝(つ)かれたらしく言葉に詰まった。やがて、どう答えればいいかわからないといったふうに戸惑う様子を見せながら、

「……私、ですか？」

「はい。あまりお時間は取らせないようにするので、少しだけでもご協力をお願いします」

なおも戸惑っていた母親は、迷った末に絢香のほうへ目を向けた。それに気づき、絢香も母親を見上げる。娘の視線を受け止める彼女の横顔に、その不安を一刻も早く取り除いてやりたいという母親の意志を見た気がした。

ややあって母親は、少しなら、と私の頼みに応じてくれた。

「……絢香、ちょっとここで待ってて。お母さん、お話ししてくるから」

母親にそう言われた絢香は、こくり、と頷く。

私たちは廊下に出たところで立ったまま話をすることになった。立ち話となれば、長くてもせいぜい十五分が限度だろう。例によって時間がないことは承知の上だったけれど。

「あの、昨日は絢香ちゃんに恐(こわ)い思いをさせてしまって申し訳ありませんでした」

まずは改めて、こちらの不手際を謝罪した。昨日は医師に即時退室を命じられてしまったため、彼女にきちんと謝ることすらできていなかったのだ。

「ああいえ、そんな……」

まさか刑事が頭を下げるとは思わなかったらしい。一転して恐縮された。

「その後、どうですか？　絢香ちゃんの容体は」

顔を上げて訊くと、母親はため息をついた。同時に、ほんの少しだけこちらに対する心の壁が剝がれた気がした。

「……事件のことに触れなければ、何事もなく落ち着いています。ただ何かの拍子にフラッシュバックが来てパニックに陥る可能性もある、と先生には言われました。でも、このまま入院し続けるのもお金がかかるし、仕事もいつまでも休めないので……」

彼女の名前は樋代倫子（りんこ）といった。

仕事は、

「《敬愛（けいあい）デイサービスセンター》で、介護福祉士をしています」

とのことらしい。

「すでに警察にお話ししてもらったことと重複する内容もあるかもしれませんけど、ご容赦ください」

私はペンと手帳を取り出し、ここに来るまでに頭の中でまとめておいた質問を口にした。まずは基本からだ。

「あの日、絢香ちゃんが現場にいたとき、お母さんはどこで何をされてましたか？」

「……私はいつも通り仕事で、お年寄りのケアをしていました。そろそろ送迎の時間だったので、センターでその準備を」

「センターの場所は？」

「氷川の青梅街道沿いです」

もう少し詳しく訊くと、自宅がある三ノ木戸山山道の麓近くだった。

「そのときに防災無線で、暴漢が逃走中だって聞いて……。絢香が学校から帰ってる頃だから、心配になって少しだけ様子を見に帰らせてもらったんです。そうしたらあの子、帰宅した様子はあるのに家にいなくて。学校や、先生方にも手伝ってもらって友達の家にも残らず電話をかけたんですけど、誰も居場所を知らないし、心当たりもないって言われて……」

樋代絢香の通っている大森小学校は全校児童数が五十人――一学年当たり十人前後という極小規模校だ。普段から誰と仲良くしているか、交友関係を把握するのは難しくないし、児童全員に連絡を取ることだって充分可能だろう。それにもかかわらず見つからなかったということは、絢香が普段からあの廃屋で一人で遊んでいたことを、やはり誰も知らなかったのだ。

「ありがとうございます。ちなみにですけど、近頃絢香ちゃんに何か変わった様子はありませんでしたか」

「あの子に変わった様子、ですか？」

「はい。どんな些細なことでも構いません」

絢香本人についての質問が来るとは予想していなかったのだろう。倫子は一瞬不審そうな表情を浮かべたものの、少し考えてから、

「……生のトマトが食べられるようになったこと、でしょうか。ずっと火を通さないと食べられなくて、市販のサラダに入っているものもよけていたんですけど、ついこの間から急に大丈夫になったみたいで」

子供のことを見ていない、また、そうする余裕のない親は大勢いる。けれど、警察に事情を聞かれて食べ物の好き嫌いについてが出てくる辺り、倫子は娘のことをしっかりと見ているらしい。ひとまず事件と関係はなさそうだけれど、二人がどんな親娘なのかが何となく察せられた。

「そういえば、現在は絢香ちゃんと二人で暮らしているそうですね」

樋代家の環境については紀代乃と宇喜から聞き及んでいる。たしか父親はおらず、母一人子一人ということだったはずだ。

「そうですけど」

「絢香ちゃんの父親が今どこで何をしているのか、ご存じですか？」

その話題に触れても、倫子の顔色は特に変わらなかった。だから私は、今も養育費の

受け渡しや面会交流などで、父親とは定期的なやりとりがあるのだと思った。

けれど、倫子はあっさり首を横に振ると、

「いいえ、全然。三年前にいなくなってから、何の音沙汰もありませんし……」

と言った。

意外な事実に、私は一瞬言葉を失いつつも、

「いなくなったというのは……つまり、失踪した、ということですか？」

「ええ」

これまで捜査会議でそんな情報は報告されていなかった。まだ事件認知から一週間で、ましてや樋代絢香は被疑者でも被害者でもない、現場に居合わせただけの少女だ。その家庭環境にまで突っ込んで話を聞くことなど、当然なかっただろう。

失踪した樋代絢香の父親は、樋代直行（なおゆき）というらしい。年齢は現在三十七歳で、当時は大型トラックの運転手をしていたそうだ。

「どんな人ですか？」

「ひどい人です」

どの質問にもある程度慎重に答えてきた倫子が、この質問に対してだけは即答だった。

それだけで、もはや何があったのかは予想できた。

「付き合っていた頃は何をするにもぐいぐい引っ張ってくれて、頼りがいがある人だと

思っていたんですけど……あの子ができて結婚してからは、子育てにはまったく協力してくれないし、絢香が泣くたびに苛々して手を上げるようになって……。要するに、何でも自分の思い通りにしたいし、そうならないのが我慢できない、ただそれだけの人だったんです」

もはや愛情など欠片も残っていないらしく、言い捨てるような口振りだった。

「絢香ちゃんの父親の暴力について、警察に被害届は出されたんですか？」

私がそう訊くと、倫子は突然鋭い目つきになり、

「夫婦でよく話し合って——警察はそう言うだけで、何もしてくれなかったじゃないですか！」

私に食ってかかった。けれど、すぐにここが病院の廊下だったことを思い出したのか、ばつが悪そうに、「……すみません」と顔を伏せる。

「いえ、私のほうこそ失礼しました」

当然ながら夫婦間のことであっても、暴力行為は立派な傷害事件だ。ただ民事不介入を建前に、警察がその被害届を受理しないケースはたしかにゼロではない。警察官である私が口にするには不用意な発言だった。

「……離婚にも応じてくれないし、あのままだったら私、いつかあの人を殺していたかもしれません」

日々の凄絶さを物語る自嘲のあと、けれど、と続ける。

「ある日、急にふらっといなくなったんです」

ちょうど三年前——まさに今と同じ六月の梅雨の時期だったという。夜、仕事から帰ってきた樋代直行は、当時四歳だった絢香のぐずりが耳障りだと腹を立て、コンビニに酒を買いに出た。それきりいつまで経っても帰ってくる気配がなく、けれど夫の暴力に耐えかねていた倫子は殊更捜す気にもなれなかった。

結局、直行は一晩経っても帰ってこず、そのまま今に至るという。

「失踪する直前に、何か変わった様子はありましたか？」

「いえ、これといって特には……」

視線を外す。もう樋代直行のことは思い出したくもないのだろう。

さすがに大人ひとりが前触れもなく突然消えたとなれば、通り一遍のものであれ、警察も捜査はしたはずだ。けれど事件性が認められる痕跡が一切出なければ、そう長く続けられることはない。樋代直行の件も、おそらくそうだったのだろう。

「そろそろ正式に籍も抜いて、名字も元に戻そうと考えていたところなんです」

たしかに、三年間の生死不明は離婚事由になると聞いたことがある。

それからもうしばらく質問を続けたけれど、それ以上気になることは聞けなかった。

倫子がそろそろ退院の準備に戻りたそうな様子を見せたので腕時計を確認すると、すでに十五分が経とうとしている。……さすがにここまでだろう。

「ありがとうございました。また何かお訊きすることもあるかもしれませんけど、そのときはどうかよろしくお願いします」

聞き取りを切り上げた私は、病室内を覗いてみた。すると、偶然こちらを向いていた樋代絢香と目が合った。私が手を振ると、向こうも手を振り返してくれる。必ず犯人を捕まえるという決意を新たにし、樋代倫子に会釈してから、青梅総合病院をあとにした。

青梅駅へ戻ると、奥多摩駅行きはちょうど出たばかりらしく、次の電車まで三十分ほど間があった。私はホームのベンチに腰かけてメモを眺めながら、樋代倫子から得られた情報を頭の中でまとめる。

殺人の現場に居合わせた樋代絢香が不自然に見逃されたことには、必ず意味がある。それを突き止めるために樋代絢香のことを調べろ――阿良谷博士はそう言った。そして樋代絢香の身辺で気になったのは、今のところ、彼女の父親のいささか不自然な失踪だけだ。それは今回の事件と何か関係があるのだろうか。

「…………」

例えば、今回の犯人が絢香の父親――樋代直行だったと仮定してみる。

――性別は男。年齢は二十代から五十代。住所は奥多摩町及びその近隣。

樋代直行は男性で、年齢は現在三十七歳、元奥多摩町在住。阿良谷博士が分析した犯人のプロファイルにとりあえず当てはまっている。現住所については多少強引だけれど、町に居合わせたとしてもあり得なくはない。

けれど。

はたしてそれが、樋代絢香を見逃した理由になるだろうか。

もちろん絢香は実の娘なのだから、殺害を躊躇する理由にはなりそうだ。ただ一方で、樋代直行は無責任に放り捨てた娘のことを、己が身の破滅の可能性と引き換えにするほど殊勝な人間なのだろうか、という疑問も浮かぶ。

何か奥歯に物が挟まっているような据わりの悪さを覚えたときだ。スマートフォンが鳴った。出てみると、仙波主任からの通話だった。

「……奥多摩署管内の過去の事件をさらったがな。ちょいとおもしろいことがわかったぞ」

言葉とは裏腹に、主任の声は猛禽を思わせる鋭さに満ちていた。

そして、まるでそれが呼び水になったかのように、不意に空が低くうめいた。

スマートフォンを耳に当てたまま顔を上げると、いつの間にか西の空には、分厚い黒雲が垂れ込めていた。

2.

翌、六月十七日。

仙波主任と私は、午前中から車でとある場所へと向かった。目的地は海澤——図らずも、かつて蓮室大哉と成田智雄の生家があったという地区だ。

多摩川にかかる橋を渡ってしばらくすると、やがて坂が多い山裾の土地にいくつか民家が見えてくる。そんな中に建つある家宅の前で、私は車を停めた。

屋根は濃い灰色の瓦が葺(ふ)かれ、正面には玄関と縁側が延びている。何の変哲もない木造の平屋だ。その玄関脇には、《坪井(つぼい)》という表札がかかっていた。

チャイムを押しても反応はなかった。応答がないのはもちろん、そもそも音自体が鳴らなかったのだ。とはいえ、それは予想していたことだったので、私は家宅の横手に回ってみた。勝手口のそばに旧型の電力メーターが設置されていたので確認したものの、電気が使用されている形跡はやはりなかった。

「やっぱり今はもう空き家らしいな」

玄関前に戻ると、ぐるりと家の周囲を回ってきたらしい仙波主任が言った。縁側の前に立てられた物干しは雨風にさらされっぱなしのせいか、すっかり汚れ、端に錆(さび)が浮いている。

この家には以前、坪井永介という、当時八十三歳の男性が一人で暮らしていたという。私たちは近隣の家々を回り、その坪井永介についての聞き込みを行った。

「――ああ、坪井さんね。五年？　へえ、いなくなってからもうそんなに経つんだっけ」

斜向かいに建つ《大迫》という家の男性は、特に感慨もなさそうに言った。たまたま今日は休日で、朝寝をしているうちに妻や子供は外出してしまったのだろうか。Tシャツにスウェットパンツという明らかに寝間着然とした恰好だ。

「まあ正直、いい印象はなかったよね。道ですれ違うだけで親の仇みたいににらまれたり、車で坂を登ってきただけで、デカい車で道路を占領するな、って怒鳴られたりしてさ。いやどうしろってんだよ、って感じで」

鼻を鳴らし、続ける。

「こう言っちゃなんだけど、いなくなってくれてせいせいしたよ。よその家の人たちも、多かれ少なかれそう思ってるんじゃない？」

なるほど、と私は頷き、メモを取る。一方の仙波主任は、ここにいない人物のことを悪しざまに語る目の前の証言者のことも気に入らないらしく、舌打ちをこらえるように口元を曲げていた。

——ちょいとおもしろいことがわかったぞ。

昨日、仙波主任からそんな電話をもらった私は、奥多摩署へと急いだ。主任と落ち合うと、署内では目立つので、辺りを車で適当に流しながら話を聞くことになった。

「管内の事件認知数が大したことない分、調べるのはさほど難しくなかった。そのうち七年前までとなると、どうにも妙だったのがこいつだ」

スマートフォンを取り出す。どうやら過去の資料をカメラで撮影してきたらしい。もちろん内部資料を許可なく持ち出すのは服務規程違反だけれど、今更私が指摘できるはずもない。

ただそこで仙波主任は、私に端末を渡すのを躊躇った。ながらスマホは道交法違反だから——というわけではなく、単純に私の運転の腕を不安視したからだろう。すぐに手を引っ込め、

「……早い話、この七年の間に奥多摩町で失踪した人間が、樋代絢香の父親以外に二人もいるってことだ」

と言った。

えっ、と声を上げ、思わず主任のほうを向いたものの、

「おいだから前見ろ前！」

主任の怒声に、慌てて前方に顔を戻した。すみません、と小さく肩を縮こめながら謝

ると、今度やったら殺すぞ、と主任は本気の目をする。ややあってから、気を取り直したように言った。

「……まず一人目の失踪者が坪井永介。当時八十三だから、今は八十八だ。住所は海澤。地元で林業の作業員をやってたが退職し、一人暮らし。日頃から近隣住民にあれこれと難癖を付けまくっていて、そのくせ自分はゴミの出し方が適当だったりと、まあその界隈では有名人だったらしい。ただ五年前の四月八日、十日近くもそれがぱったりと途絶えた。自宅で孤独死してるんじゃないかという近所の住民の相談を受けて、交番の地域課員が確認に向かったが、宅内に坪井永介の姿はなかったらしい」

「捜索はされたんですよね？」

「一応はな。財布や金品の類が持ち出されてたことから押し込み強盗の線も疑われたが、家の中に争った形跡はなかったらしい。むしろ、前の年の末に連れ合いに先立たれてたことから、自殺の線が濃厚と踏まれたようだ。警察と消防が捜索したが発見できなかった、とある」

　坪井永介の失踪が五年前で、樋代直行が三年前――。

「両者の失踪は、関連付けては考えられなかったんでしょうか？」

「同じ町内とはいえ、赤の他人同士だ。二人の失踪を繋げるような物証はおろか、それを示唆する手がかりすらなかったからな。実際、関係があるのかどうかはまだわからからん」

たしかに、私たちは阿良谷博士の分析を基に、いわばうがった見方をしている。だから、その両者に繋がりがあるように見えているだけなのかもしれない。

「まずは調べるしかない。話はそれからだ」

仙波主任の言葉に、私は頷いた。

さすがに一軒目の大迫ほど口さがなくはなかったものの、どの近隣住民からも多かれ少なかれ坪井永介に対する不平不満が聞かれた。その結果わかったのは、〝坪井永介が周囲からいかに嫌われていたか〟ということだけでしかなく、さすがに私たちも多少げんなりさせられていた。

けれど二十軒近く回った辺りで、ようやくそれらしい証言がこぼれ出てきた。《鹿島》という坂の頂上にある家宅の住民だった。

「うちの犬の吠える声がうるさいって、怒鳴り込んでこられたことがあったんですよ。わざわざ坂の下のお宅からここまで」

そう言ったのは、坪井永介と同年代とおぼしき女性だった。たしかに私たちの訪問時にも、玄関そばの犬小屋から茶色い毛並みの柴犬が飛び出してきて、挨拶代わりとばかりに吠え立てていた。飼い主に注意されるとすぐに大人しくなり、今はお座りをした状態で、私たちのことを興味深げに見つめている。

「昔はもう少しちゃんとした人だったんですけどね。……やっぱり奥さんを亡くされた辺りからなんですよねえ。人間ずっと一人でいると視野が狭くなっちゃうし。ねえ？」

それは個人の資質と環境によるかもしれないとは思ったけれど、そうかもしれません、とひとまず同意しておく。

すると鹿島は何かを思い出した様子で、

「そうそう、奥さんといえば、亡くされたときには大変だったらしいんですよ」

「というと」

ショックで落ち込んだということだろうか。そんな私の予想は斜め上の方向に裏切られた。

「奥さん、デイサービスを利用してたんですけどね。坪井さん、奥さんが亡くなったときに、うちのが死んだのはお前のところの世話がなってなかったせいだ、ってセンターに何度も怒鳴り込んだらしいのよ」

私は目を見開いた。

調べてみたところ、坪井永介の妻の千夏（ちなつ）が利用していたのは、やはり《敬愛デイサービスセンター》だった。利用年数は五年ほどで、死因は誤嚥性肺炎（ごえんせいはいえん）だったらしい。

「——ただ、そもそも八十四歳とご高齢で、嚥下する力や肺機能もかなり低下されていましたからね。直接的な死因こそそういうことになりますが、半分以上は老衰だったと思いますよ」

死亡診断書を書いた病院の医師に確認すると、そんな証言が取れた。

「夫の坪井永介さんは、デイサービスセンターの介護に問題があった、と主張されていたそうですけど、それについてはどうお考えですか？」

直接的な質問をぶつけてみたけれど、医師に動揺は見られなかった。鷹揚に首を振り、

「デイサービスセンターでは、介護はできても医療行為はできません。その辺りは先方も心得たものですから、利用者の身体に少しでも変調の兆しがあった場合は、本人や家族にしつこく医師を受診するよう求めます。救急車で搬送されてきたときも自宅からでしたし、センター側に落ち度はないでしょう」

敬愛デイサービスセンターは樋代倫子の勤め先だ。改めて確認を取る必要はあるけれど、五年も利用していれば倫子が坪井千夏を担当したこともきっとあっただろう。坪井永介が何度もセンターに怒鳴り込んだことがあるのなら、二人は顔を合わせていた可能性が高い。

「ひとまず繋がったってわけか」

「……はい」

腕組みして呟く仙波主任に、私はかすかな戦慄を覚えながら頷いた。

3.

「二人目の失踪者は、和倉流星だ」

助手席の仙波主任が口にしたその名前だけで、私は、ああ、とすぐに思い当たった。それだけ言えば私が察すると、主任もわかっていたのだろう。

たしかに言われてみれば、どうしてこれまでその事件に思い至らなかったのかと不思議に思える。同じ失踪ではあれど、事件の種類とその取り扱われ方の規模が、他の二人とは違いすぎるからかもしれない。

奥多摩町在住の和倉流星――当時七歳の子供の行方がわからなくなったのは、昨年の五月一日、大型連休に入る直前の金曜日のことだった。日が暮れても子供が学校から帰ってこない、学校や友人宅へ連絡を取ったけれど、誰も所在を知らない、という彼の両親からの通報により事件認知。奥多摩署生活安全課は、すぐに所在不明事案として捜査を開始した。けれど、放課後に学校を出て自宅に帰る途中までで和倉流星の足取りはぷつりと途絶えており、その後は杳として知れなかった。

遊び半分で山に入って遭難したか、川で足をすべらせて流されたのでは、という意見が大勢を占め、警察と消防が、さらに三日後からは自衛隊も投入され、大規模な捜索がなされた。けれど本人はもちろん、その足取りの手がかりになりそうなものも一切発見できなかった。

その後、警察は二週間余りで大規模な捜索を打ち切り、指揮本部を解散している。

「和倉流星が行方不明になったときと、その半年後の大規模捜索には、私も応援で参加しました」

現在も、警察は市民に広く情報提供を呼びかけている。世間では、和倉流星の行方不明は事故や不注意による遭難ではなく、誰かに連れ去られたのではないか、という意見が多く上がり、一時期、初動に問題があったのでは、と警察が叩かれ、警視庁上層部はその釈明に追われたこともあった。

奥多摩駅前の蕎麦処(そばどころ)で手早く昼食をとったあと、私たちは二人目の失踪者について調べ始めた。

まず向かったのは、和倉流星の自宅だ。青梅街道から一本奥に入ったところにある家宅で、近所には皮肉なことに消防署もあった。

自宅には和倉流星の母親と祖父母がいた。突然の訪問にもかかわらず、私たちを畳敷きの客間に上げ、お茶まで出してくれた。

恐縮しながら和倉流星についての質問をする。けれど、すでにこちらでも把握している以上のことは聞けなかった。樋代直行、坪井永介の失踪とはたして関係があるのかどうかも見えてこない。

ただ和倉流星の友人たちの自宅と連絡先を紹介してもらった。そして、

「……帰ってこない間に、あの子も誕生日を迎えて八歳になりました。早く家族皆で、それを祝ってやりたい。引き続き、どうかよろしくお願いします」

最後に、そう言って祖父に深く頭を下げられた。母親と祖母も、隣で目を赤くしている。

「最善を尽くします」

別件の捜査で来た私は、とても心苦しい気持ちでそう返すことしかできなかった。仙波主任も同じ気持ちだったのか、表情は崩さないものの口元を真一文字に引き結んだまま、黙って会釈した。

和倉宅を辞した私たちは、紹介された友人宅を回り、和倉流星についての話を聞いていった。当然と言うべきか、全員が地元の大森小学校の児童たちだった。大森小は樋代絢香も通っている学校だ。何か繋がりが出てくるかもしれない。

けれど仲がよかったという男子児童たちからも、特にこれといった証言は取れなかった。誰もが神妙にはするものの、年齢相応の大雑把さでもって、「さあ」「よくわかんな

い」といった趣旨の発言に終始する。

次に同学年の女子児童のところを回った。正直に言えば、こちらはあまり期待していなかった。これまでの印象から、おそらく和倉流星は男子とはしゃぐのが楽しいタイプであり、女子とは没交渉だろうと踏んでいたからだ。

けれど、

「……和倉くん、下の子をいじめてたんです」

そんな証言をしたのは、和倉流星と同級生の平野楓(ひらのかえで)という女子児童だった。

玄関先で和倉流星についての話を聞かせてもらっていたところ、ちらちらと隣の母親のほうを気にする素振りがあった。何か親の前では話しにくいことなのかもしれない。

そう察した私は、目で仙波主任に伝えた。勘のいい主任は、それだけで私の言いたいことを酌んでくれた。小さく鼻を鳴らすと、

「……失礼。お母さん。できれば、お子さんとは別にお話を伺えませんかね」

子供には聞かせたくない内容なので、というニュアンスを言外に込めて言った。

「あ、ええ。わかりました」

母親は特に疑う様子もなく承諾する。

私は再び目で主任にお礼を伝え、それから楓に言った。

「少しだけ外に出ていようか」

楓も頷いた。

サンダルを履いた楓とともに庭先まで出る。

「何か言いたいことがあるの？」

しゃがみ込み、視線を合わせてそう訊く私に、返ってきたのが先の証言だった。

「ひどいこと言って、その子がやめてって言ってもやめなくて。それでその子、泣いちゃって。だから、バチがあたったんじゃないかって……」

呪いか祟りのようなものを思い浮かべているらしく、平野楓は小さく震えていた。けれど、私もまたある予感で戦慄を覚えずにはいられなかった。

「……そのいじめられていた子っていうのは、誰？」

私の予感は、最悪の形で的中した。

「……樋代絢香ちゃんっていう子です」

内心の驚愕を私は面に出すことなく、そう、と頷いた。

「流星くんは絢香ちゃんのことが嫌いだったの？」

楓は少し考え、ぼそぼそと言った。

「たぶん、そういうんじゃなくて。……好きだったんだと思います、絢香ちゃんのことが」

話を聞いた限り、組織的ないじめなどではなかったらしい。いわゆる、興味のある女子に素直になれないがゆえのからかいやちょっかいだったのだろう。ただ、樋代絢香本人にとっては嫌がらせ以外の何物でもなかったはずだ。そして平野楓は、どうやらそんな和倉流星のことが気になっていたらしく、彼の失踪以降、ずっともやもやしていたらしい。

聞き込みを終えて車に引き揚げると、私は平野楓から取れた証言を仙波主任に伝えた。

「……大して人の多くない町だ。突っ込んで探せば、誰とでも何かしらの関係はあるんだろうがな」

助手席でそう呟く主任の目は、今やはっきりとした剣呑さを帯びていた。私もステアリングを握りながら、背筋に冷たいものを感じていた。

五年前に失踪した坪井永介は、樋代絢香の母親の職場の利用者だった。

三年前に失踪した樋代直行は、樋代絢香の父親だった。

一年前に失踪した和倉流星は、樋代絢香の上級生だった。

はたして、これらはただの偶然だろうか。

日が傾き、山影に隠れようとする中、私はふと鼻先に、濃い夏の草いきれを感じた気がした。

もちろんそれはただの錯覚だ。私の身は車のシートに収まっていて、窓も閉められている。

それでも、その不吉な、何かが狂っていることを伝える虫の知らせのような感覚に、私はもはやある事実を頭から拭い去ることができなくなっていた。

そう。

……間違いなくいるのだ。この穏やかな山あいの田舎町には、常習の連続快楽殺人者が。

はっきりとそう意識したときだ。記憶の淵から、とある考えが浮かび上がってきた。自分の中で、一体いつの間にそんなものが出来上がっていたのかはわからない。ただ、これまで淵の底に沈めていた断片が組み合わさって浮力が生じたかのように、その考えは突然無意識の水底（みなそこ）から意識の水面（みなも）へと姿を現した。

ああ、と思う。

そうだ。

何もかも、逆だったのだ。

そう考えれば、すべての筋が通る。通ってしまう。けれど――

私はかすかな息苦しさを感じ、すぐに車を路肩に寄せて停めた。自らが思いついた考えの信じがたさに目の前が暗くなり、運転をする余裕がなくなったからだ。このままでは冗談抜きに事故を起こしかねない。ステアリングに置いた手の甲に額を当て、深呼吸を繰り返す。

訝しげにこちらを向いた仙波主任は、すぐに私の様子に気づいて目を細めた。

「——何か気づいたのか」

大丈夫か、ではなく、そう訊いてくるところがさすがの眼力だった。……あるいは、私がちっとやそっとで体調を崩したり気分を悪くしたりするはずがないと思われているだけかもしれないけれど。

私は自分の中から浮かび上がってきた考えを、一つ一つその行程を再確認するように、仙波主任に話していった。

それを終えた頃には、すでにすっかり日は暮れていた。腕時計を見ると、時刻は午後八時を回っている。

考えをまとめるように腕を組んで沈黙していた仙波主任は、やがて顔をしかめたまま言った。

「……とにかくいったん本部に戻れ。どうするかは捜査会議が終わってからだ」

4.

けれど捜査本部に戻る途中で事件が起きた。署の廊下で、ばったり小此木課長と出くわしたのだ。

小此木課長は私たちに気づくと、露骨に不快そうな顔つきになった。私としては今課長と事を構えて得なことは一つもないので、お疲れ様です、と会釈をするにとどめた。仙波主任も、今更お前に用はない、とばかりに黙ってその前を通り過ぎる。

ただ、小此木課長はそんな私たちの態度すらも気に入らなかったらしい。どこか低いところから睨めつけてくるような、じっとりと湿り気のこもった声を私たちの背中にぶつけてきた。

「……陰でこそこそ動き回っているようですが、何か余計なことをしているんじゃないでしょうね」

「あ？」

仙波主任が振り返った。

「余計も何も、こっちはこっちの捜査をしてるだけだ。それ以外にあるわけねえだろう」

「……それは通らないでしょう。池袋の強殺の捜査で、どうしてうちの過去の捜査資料まで閲覧する必要があるんです？」

小此木課長に淡々と追及され、主任は眉を寄せた。

管内の事件の資料は奥多摩署刑事課が保管している。その閲覧を課長に隠し通すことは難しいだろうと、私も覚悟はしていた。ただ仙波主任ならきっとうまくやってくれるし、もしバレたとしても、それはもう少し先のことになるだろうとも思っていた。

けれど、昨日の今日で課長がすでにそれを察知しているということは、おそらく主任や私が署内でおかしな動きをしたときには報せるよう、あらかじめあちこちに手を回しておいたのだろう。

仙波主任の顔に一瞬、どうあしらうべきか、という思案の色が浮かぶ。けれど、すぐに鼻を鳴らし、

「それ含めて、れっきとした捜査だ。文句をつけられる筋合いはねえな」

と突っぱねた。下手に取り合うよりもずっといいやり方だろう。

ただ、

「……本庁さんだからってね、あんまりよその家で好き勝手されちゃ困るんですよ」

今度は課長も引かなかった。

「改めて持ち出しましょうか。うちの本部の捜査員を使って、あちこちぶらついて好き勝手やってるとね」

私は小さく息を呑む。その声と目の粘っこさを見て、私は初めて、先の件で小此木課長から買った恨みの深さを悟った気がしたからだ。

仙波主任も、今度こそ猛禽のように鋭く目を細めた。

「つまらねえことを……」

とはいえ、おそらくいつもの主任であれば、「知ったことか。やりたきゃ好きにしろ」とでも言い捨て、やはり突っぱねていただろう。

けれどこのときそうしなかったのは、主任からの温情を棒に振ってまで臨んだ私の仕事を、多少なりとも認めてくれていたからではなかったかと思う。

今回の捜査本部の実質的な長である真行寺管理官は、これまでの感触からして、はたから見ればいささか強引な仙波主任のやり方にも一定の理解があるように思える。ただその一方で、目の前の現実を忘れないバランス感覚も持ち合わせており、余計な不和の芽が本部にあれば即座に摘んでしまうだろうことも容易に想像ができた。だからもしここで課長に、仙波主任の捜査活動に問題ありとねじ込まれれば、厳重注意の上、これまで黙認していた私の期限付きの随伴も即刻取り消される可能性が高い。そうすれば、私は今日にも自由に動けなくなってしまう。

正直に言って、今でも手柄は欲しい。仙波主任からもらった機会はあきらめたとはいえ、より多く事件を扱える署への異動まであきらめたわけではないからだ。

ただそれ以上に、この事件は何としても自分の手で終わらせたい――そんな気持ちに強く胸を衝かれた。

捜査は組織の連携が肝であり、捜査本部のどんな仕事も犯人検挙の一助となっている。刑事一人の手で――それも私のような弱輩が――事件を終わらせるなんて物言いが、いかにおこがましいことであるかは重々承知している。それでも、捜査本部の中でも一番犯人に近いところで、私はこの事件のすべてを見届けたかった。

けれど……もはや四の五の言っている場合ではないかもしれない。小此木課長の敵意の矛先は、おそらく私と同じぐらい仙波主任のほうにも向けられている。これ以上問題を大きくすると、仙波主任に迷惑がかかってしまう可能性がある。

さすがに私が阿良谷博士と接見した証拠を、小此木課長が握っているとまでは思わない。けれど、私がここに異動してきた経緯を考えれば、叩けば埃は出る、ぐらいには考えているのかもしれない。そして実際に出るのだから、やはりまずい。

とにかく私が謝って、一度主任との同道を解くしかないだろう――そう覚悟したときだ。

「どうしたんですか、課長」

廊下の向こうからやってきた集団が課長に声をかけた。私の同僚の、奥多摩署刑事課の面々だ。

彼らはその場にいた私たちを見て、すぐにどういったやりとりがされていたのか察したらしい。課長としては、援軍を得たぐらいの気持ちだっただろう。私もそう思った。課長一人だけならまだしも、同僚の合流で勢いがつけば、もうこの場で収めることはできないかもしれない。万事休すか、と。

けれど。

「……もうどうでもいいじゃないですか。こんなやつ放っときましょう、課長」

その中の一人が、そんな予想を裏切る一言を口にした。

同僚たちの中から前に出てきたのは、誰あろう、右手に包帯を巻いた神崎巡査部長だった。

明らかに期待とは違う言葉だったのだろう、小此木課長は冷や水を浴びせられたような表情になった。それに構わず神崎巡査部長は私のほうをにらむと、険しい顔つきで舌打ちし、

「目障りですし、構うだけ時間の無駄ですよ。むしろ、いないほうがせいせいするってもんです」

「それは……」

気勢をそがれたように小此木課長は眉をひそめた。他の同僚たちも戸惑い気味に顔を見合わせたものの、私に対してもっとも風当たりがきつかった彼が言うことだけに、まあそれはたしかに、と誰からともなく頷き合うような雰囲気になる。

それでも小此木課長が何か言いかけたところへ、

「どうした。廊下の真ん中で何をしている?」

今度は、真行寺管理官と綿貫係長がやってきた。その場にいた仙波主任に気づいた管

理官は、またお前か、と言いたげな顔になる。それから小此木課長のほうを見やり、

「何か問題が？」

と訊いた。

さすがに部下がついてこない状態でやり合うのは割に合わない――そんな勘定が即座にできるぐらいには、課長は冷静だったらしい。

「……いえ、別に」

ぼそぼそと呟くように言って講堂へと向かう。

それを見送った真行寺管理官は、仙波主任に一瞥をくれた。仙波主任はどこ吹く風といった調子で小さく肩をすくめる。

「――あの」

同僚たちとともに講堂へ向かおうとしていた神崎巡査部長に、私は声をかけた。一瞬立ち止まった彼は、むっつりとした顔つきで包帯の巻かれた手を上げ、独り言のように言う。

「……これで貸し借りはなしだからな」

それから仙波主任に小さく会釈をして、その場をあとにする。

私が警察官として横紙破りをしたことは事実であり、組織の中で嫌われるのは仕方がないことだ。だからどんな仕打ちを受けても、すべての警察官に対して失望することは

なかった。それと同様に、この一事でもってすべての警察官が潔白で義理堅い、などと言うつもりも毛頭ない。

それでもこのことは、ただ私の運がよかっただけだからではなく、すべての警察官が多かれ少なかれ、自分の職務に誇りと意地を持っているからなのだと思いたかった。

「ありがとうございます」

私は同僚であり、また一番歳の近い先輩でもある刑事の背中に、深く頭を下げた。

「――で、これからどうする」

捜査会議の席に着くと、その成り行きを聞くともなく聞きながら仙波主任が小声で訊いてきた。

たしかに、私の考えはすべて阿良谷博士の分析を基にしたものだ。出所が説明できないので、捜査会議で持ち出すことも当然できない。つまり、正規の手続きに則って犯人を追い詰めるのは不可能なのだ。

「……私が一人でやります」

なので、ここから先はさらに危ない橋を渡ることになる。そんなものに、仙波主任を巻き込むことはできない。

仙波主任は鼻を鳴らした。

「……勝算はあるのか」

正直に言えばわからなかった。物証はおろか、裏付けとなる状況証拠すらないのだ。真行寺管理官に切られた期限まであと二日しかないので、私が一人で証拠を集めることも叶わないだろう。要するに、ぶっつけ本番の出たとこ勝負になる。実際に現場に臨んでみないと、確かなことは何も言えない。

それでも、

「あります」

断言したのは、そう口にしないと前に進めなさそうだったから、そして何より、前回の連続猟奇殺人事件を解決へと導いた阿良谷博士の分析に大きな信頼を寄せているからだった。

私の覚悟を察したのか、主任は、やめろ、とは言わなかった。

「言っとくが、失敗しても骨は拾わねえからな」

「わかってます。――主任」

「なんだ」

「これまで、ありがとうございました」

私がこの一年間、奥多摩署で腐らずやってこられたのは、仙波主任にかけてもらった言葉のおかげでもある。この勝負に負ければ、今度こそ私は警察を追われるかもしれない。その前に、感謝を伝えておきたかった。

「この馬鹿野郎が」

仙波主任は再度鼻を鳴らすと、椅子を斜めにして言った。

「礼なんぞ言ってる暇があったら、必ず犯人を逮捕して俺に手柄を上げさせろ」

その主任らしい送り出し方に、私は内心で苦笑するような気持ちになりながら、はい、と頷いた。


会議が引けると、私は廊下の隅で、紀代乃と宇喜、それぞれに電話をかけた。

「――夜分にすみません。実は明日、ちょっと手伝ってほしいことがありまして」

突然の頼みにもかかわらず、二人とも二つ返事で快諾してくれた。

ふと思い立って、スマートフォンで明日の天気を調べる。奥多摩町は『曇りのち雨』となっていた。

……明日は山に入ることになる。どうにか保ってくれるといいけれど。

私は文字通り、そう天に祈った。

第五話「剝皮(はくひ)の夜」

1.

翌、六月十八日。

紀代乃は一日中暇だというけれど、宇喜が午後五時までは農作業で手が離せないというので、私が仕事にかかったのはすでに六時になろうとする頃だった。

「ごめんね、氷膳さん。どうしても時間取れなくてさ」

「いえ、大丈夫です。こちらこそ、急なお願いですみません」

電話口で私はそう返した。本当は明るいうちにやってしまいたかったけれど、こればかりは仕方がない。

六時前に一度寮に戻った私は、山あいの町なので何かの折に必要になるかもと準備していたゴム製の防水ブーツに履き替えた。慣れていなくて動きづらいけれど、まさか革靴を履いていくわけにもいかない。あとはあらかじめ用意していたバックパックを助手席に、署から借り出してきた備品のショベルをトランクに放り込むと、私は自家用車を発進させた。目指す先は、日原街道だ。

現状、私の考えを裏付ける証拠は何もない。だから、これからそれを見つけに行くつもりだった。私の考えた通りなら、きっとそこにあるはずだ。

日原街道の中腹を越えると、先日も主任と聞き込みに来た集落がある。そこで私は街道を外れ、家々の間を縫うように走る道路へと入った。山のほうに向かうに従って、どんどん狭くなって曲がりくねり、周囲の緑は深く濃くなっていく。日が落ちるまでまだ時間はあるけれど、山中はすでに薄暗く、ヘッドライトが必須だった。

ふと思う。……一体どこまで車で行けるのだろう。もし方向転換するスペースさえなく行き止まりになったら、私の運転の腕では引き返せなくなるかもしれない。

少し迷ったものの、私は車を停め、バックパックをつかんで外に出た。トランクからショベルを取り出し、ふと空を見上げる。

昨日にも増して、今日は朝からまた一段と曇っていた。湿気もむせ返りそうなほどで、全身にまとわりつくようだった。レインコートはバックパックの中に一応用意してあるけれど、いかんせんビニール製の安物なので、着ると文字通り蒸し風呂状態になってしまう。

たしか予報では、雨は夜半からとなっていたはずだ。

なんとかそれまで保つと信じてレインコートは着ず、私はバックパックとショベルを肩に、道の先へと歩き出した。

すると、それから一分も経たないうちにアスファルトの道路が途切れ、雑草が生い茂った広い野原が現れた。

さすがにここから先は足元がおぼつかない。

私は腰元のホルダーからフラッシュライトを抜き、ノックした。左手で逆手に構え、足元を照らす。どこかから、ぎい、という甲高い鳴き声が聞こえた。鳥だろうか。あるいは狸か貉か。まさか野犬や熊ということはないと思うけれど……一応注意しておいたほうがいいかもしれない。

ゆっくりと歩を進めながら、注意深く周囲を照らす。辺り一帯、そうしてしらみつぶしに調べていく。

目的の場所はそう遠くないところにあるはず、という確信があった。道路が途切れた先に車で入ることはできない。つまり〝重い荷物〟は手ずから運ばなくてはならないということだ。であれば、道路からあまり遠い場所にするとは思えない。一方で、その目的からして、土深くに根が張られた林の中でもないと察せられた。ならば、可能性が高いのはきっとこの辺りのはずだ。

けれど私は一つだけ肝心なことを忘れていた。それは、山の天気は変わりやすいということだ。

不意に鼻先を水滴がかすめた。かと思うと、ぱらぱらと細かな雨が降り出した。

この程度の雨足ならまだ大丈夫――そう判断し、私は捜索を続行する。

その後、二十分は暗い山中の原を探し続けただろうか。メイクの崩れを気にしながら、雨と汗で濡れた額を手の甲で拭ったときだ。

私は足を止めた。

もう少しで奥の林にぶつかるといった辺りで、不自然に雑草が途切れている箇所を見つけた。縦二メートル、横一メートル程度の長方形状で、土が剝き出しになっている。

……あった。

髪やジャケットは、すでにしっとりと水を含んでいた。今更レインコートを着たところでほとんど意味はないし、やはりかえって蒸すだけだ。私は上着だけ脱ぐと、そのまま次の仕事にかかった。バックパックを地面に落とし、中から軍手を取り出す。手にはめ、具合を確かめてから、ショベルの柄を握った。フラッシュライトは口にくわえる。

ショベルを、剝き出しになった土に突き立てる。地面に刺さった匙部（さじぶ）を踏み込むと、土をすくい、脇に捨てる。連日の曇天模様のおかげか、湿り気を帯びた土はやわらかく、ショベルの刃先を簡単に呑み込んだ。ただその分ずっしりと重く、五回、六回と掘り返すうちに、私はたちまち全身汗みずくになった。

草の生えていない一角を、まずは浅くまんべんなく掘る。それからその場にしゃがみ込んで顔を近づけ、ライトで照らしていく。濃厚に立ち昇る土の臭いを感じながら、目的のものを探す。見つからなければ、再びショベルで掘り進めていく。

だんだん息が上がり始める。それなりに体力には自信があるつもりだけれど、いかんせん腕から背中、足腰までを使う、かなりの重労働だ。フラッシュライトを口にくわえたままなので、歯を食いしばれないのも地味に辛い。

……思えば近頃は土を掘り返したり、重いものを背負ったりと、刑事というよりは土木作業員のような仕事ばかりしている気がする。そんな自分がおかしく思え、少しだけ心が上向いた。

時折インターバルをおいて身体を休めながら、少し掘っては地面を調べ、を何度も繰り返し、気づけばその一角を一メートル近い深さまで掘り返していた。腕時計を見ると、時刻は午後七時――すでに一時間近くが経過している。日はすでにすっかり暮れ、辺りはほとんど見通しがきかなくなっていた。じっとりと濡れたブラウスが、肌に張り付いて覿面(てきめん)に不快だ。肩で息をしながらショベルに両手を置いて体重を預け、自分で掘った暗い穴の中で、ふと思う。

……もしかして、間違っていたのだろうか。

私は疑心暗鬼に取り付かれた暴走の果てに、まるで見当違いなことをやっているのではないか。一瞬、そんな弱気が胸に差した。

けれど、すぐに内心で首を振る。

さっきから、ときどき獣の鳴き声が聞こえている。臭いの強いものが埋まっていれば、それらに嗅ぎつけられて掘り返されるかもしれない。それを警戒して、かなり深くに埋められた可能性は高い。

息をついて、顔を上げた。額に張り付いた邪魔な髪を分けながらライトをくわえ直すと、ショベルを抜き、再び突き動かされるように掘り進める。

そして。

さらに、もう三十センチほどまんべんなく土を搔き出したときだ。私は、腕を止めた。疲労で痺(しび)れた手でショベルを脇に突き立て、フラッシュライトを持ち直す。その光の溜まりの中で、間違いなく何かが光った。そう思った瞬間だった。

空が、破れた。

しとしとと降り続いていた雨が、突然激しい光とともに、地を叩くような豪雨へと変じた。

けれど私はレインコートを着る余裕もなく、ショベルを手離してその場にうずくまった。雨滴から守るように左手でひさしを作り、右手で周囲の土を搔いていく。そして、それをそっとつかみ、手のひらの上に置いた。

耳、だった。

右耳だ。黒く腐敗しているけれど、まだなんとか原形はとどめている。軟骨の回りに萎縮した皮膚が張り付き、その一端にシルバーのリングピアスが光っていた。

雨に打たれ、また髪が顔にかかる。それを払いのけようと顔を上げた先――そこに突き立ったショベルが、まるで墓標のように見えた。

2.

穴から這い上がり、息をつく。

この耳は、成田智雄の遺体から切り取られたもので間違いないだろう。……ということは、まだここには、もう片方の左耳、鼻、そして頭部と頸部の皮膚が埋まっているはずだ。一刻も早く、すべて掘り起こして回収しなくては。

私は地面に転がしていたバックパックからビニールのフリーザーバッグを取り出し、右耳を入れた。雨が一緒に入らないよう気をつけながら、その口を隙間なく留めて塞ぎ、バックパックに戻したときだ。

激しい雨音にまじって、がさり、という音が聞こえた。

「――」

いや、厳密にはそんな気がした、というだけだ。豪雨のせいで、周囲の音どころか気配すらまともに察することができない。

それでも。

私は身をかがめたまま呼吸を浅くし、辺りに目を配った。

それらしい物音はやはり聞こえない。

……気にしすぎなのだろうか。

いや。

ライトを消す。こんなものをつけたままでは、自らの位置を知らせるようなものだ。目が明かりに慣れていたため、視界が闇に呑まれて何も見えなくなる。腰のホルダーから警棒を振り出して構えたものの、何も見えないし気配も気取れないのでは気休めにもならない。

そのときだ。ある考えが浮かんだ。

低い姿勢のまま、ゆっくりとその場を離れる。パンツのポケットからスマートフォンを取り出すと、光がもれないようモニターを手で覆い隠しながら、ある番号へ発信した。こちらのコール音が鳴っている間、じっと周囲に耳を澄ます。

するとかすかに雨音にまじって、山中にそぐわない電子音が聞こえた。どこから、と辺りを探る間もなく、素早い足音とともに背後からこちらに近づいてくる。

そのとき咄嗟に地面に身を投げ出したのは、本能的な危機感からだ。ただ結果的に、その行動が私自身の命を救った。

直後、それまで私の首があった辺りを、ぶん、と何かが鋭く薙いだ。髪の毛を何本か持っていかれ、その不吉な感触に、首筋の産毛が残らず逆立つような感覚を味わう。

泥だらけになって地面を転がった私は、すぐさま自身の失策に気づいた。雨とぬかるんだ土で手がすべり、警棒とスマートフォンを落としたのだ。それでも今はとにかく距離を取らなければとあえて転がり続け、その場から離れる。

素早く起き上がって振り返る。三メートルほど向こうの地面にうっすらとした光源があった。私が落としたスマートフォンの明かりだ。そしてそのそばに、人影が立つのがわかった。

黒い作業用のレインスーツを着て、その大きなフードですっぽりと頭を覆っている。

……成田智雄が殺害されたときも激しい雨が降っていた。樋代絢香の言っていたフードとは、おそらくこれのことだろう。

そのフードに隠された顔の口元から、

「いやあ、すごいわ。こんなぐちゃぐちゃな地面で、よくそんなに動けるね」

聞き馴染みのある男性の声がした。

ようやく暗さに目が慣れ始めてきた中、男性の右手が上がった。そこには、一振りの鎌が握られている。おそらく樋代絢香が〝包丁のようなもの〟と形容していた刃物の正体がこれだ。

それが勢いよく地面に振り下ろされる。硬い無機質な破壊音とともに、地面の明かりと、ずっと鳴り続けていた相手の携帯端末の電子音が消えた。私のスマートフォンが破壊され、コールが途絶えたのだ。

あの一角の地中から成田智雄の耳が見つかった時点で、私は自分の考えに間違いはないと確信していた。

それでも、

「……宇喜さん」

その名前を呼ぶ私の声には、隠し切れない動揺が滲んでいた。

すると。

宇喜洋司は、フードをついと持ち上げ、まるで答え合わせでもするかのように、うん、と頷いた。

3.

状況は、かなりまずいと言わざるを得なかった。

まず宇喜がこの場に現れたこと自体が、私にとって想定外の出来事だ。さらに長時間土を掘り返したことで、私はすでにかなり体力を消耗している。おまけにこの土砂降りの雨とやわらかくなった土の上では、反撃するどころか、相手との正確な間合いを測ることすら難しい。

一方の宇喜は、農作業で土の上での動きには慣れているはずだ。格闘技や武道の心得まであるとは思えないけれど、右手の凶器は、それを補うには充分な代物だろう。

……スマートフォンを破壊されてしまったので電話で応援を呼ぶこともできないし、なんとかして、一度この場から離脱すべきだろうか。けれど、バックパックの中には犯行の証拠となる成田智雄の耳がある。土の中にもまだ鼻や皮膚が埋まっているはずだ。ここで私が逃げて、応援とともに戻ってくるまでの間にそれらを隠滅されでもしたら、それこそ一巻の終わりだ。

落ち着け。

油断なく中腰で相手を見やりながら、深呼吸をする。どんなときでもほんの少し時間をおけば、すぐに冷静さを取り戻すことができるのが、私の数少ない特技の一つだ。速くなっていた鼓動が、いつも通り三秒ほどで正常に戻るのと同時に、私は意を決した。まずはとにかく時間を稼ぐ。そして、少しでも体力の回復を図る。

「――警察に出頭してください、宇喜さん」

私は声を張った。

「ここで私を殺して口を封じたとしても、もう逃げられません。宇喜さんが犯人だという情報は、他の捜査員とも共有しています。かえって罪が重くなるだけです」

「そうなの？」

私の声から動揺が綺麗に消えていたせいか、あるいは単純に言葉の内容を意外に思ったのか、宇喜は首をかしげた。

「けど、ちょっと嘘っぽいよなあ。それならなんでここに、氷膳さんの他に一人も警察がいないわけ？」

とんとん、と鎌で肩を叩きながら、あまりにも簡単に言う。

「ま、警察の中のことはよくわかんないけどさ。とりあえず、殺して埋めちゃえばわかんないって。実際、これまでもそうだったんだし」

「坪井永介さん。樋代直行さん。そして、和倉流星くんの三人ですね」

宇喜の言葉を引き取ったのは、先手を取って心理的な主導権を握ろうという目論見があったからだ。

けれど、

「お、すごいね。そこまでわかってるんだ」

自分の過去の殺人が警察に知られているとわかっても、彼に動じる気配はまるでなかった。その常人離れした異様な反応に、私は内心で戦慄する。

それでも、

「……ええ、すべてわかってます」

ここで心を折るわけにはいかない。大分目も慣れてきて、彼の様子もある程度わかるようになってきた。そろり、と半歩後ずさりながら、相手の注意を引くために語り続ける。

「五年前、奥多摩町在住の坪井永介さんは、妻の千夏さんが亡くなった件で《敬愛デイサービスセンター》に怒鳴り込んでいました。そこでは樋代絢香ちゃんのお母さんの倫子さんが、介護福祉士として働いていた。三年前、絢香ちゃんの父親の樋代直行さんは、妻の倫子さんに暴力を振るうようになっていました。そして一年前、当時大森小二年だった和倉流星くんは、一つ下の絢香ちゃんをいじめていました」

失踪した――いや、間違いなく殺害され、山中へと埋められて行方がわからなくなった彼らの共通点は、誰しもが樋代絢香の害になっていたという点だ。

坪井永介は、絢香を育てる母親にストレスをかけていた。

樋代直行は、母親と絢香に暴力を振るっていた。

和倉流星は、絢香のことをいじめていた。

そして。

「だからこそ、成田智雄は殺されたんですね」

そう。

そもそも逆だったのだ。

犯人は、成田智雄を殺害するために彼のあとを追いかけ、その廃屋に偶然、樋代絢香が居合わせたのではない。

犯人は、あの廃屋に絢香がいたことを——少なくとも出入りしていることを知っていた。だから、彼女の害になりかねない成田智雄を殺したのだ。

——犯人は彼女を見逃した。そこには必ず何か意味がある。

博士の分析は、やはり間違っていなかった。

犯人が絢香を見逃したのは、これまでずっと彼女のために殺人を繰り返してきたからだ。

「成田智雄が逃走したとき、その旨が防災無線で周知されました。絢香ちゃんのお母さんはそれを聞き、娘の身を案じて心当たりに連絡を取った。学校や、先生方にも手伝ってもらって友達の家にも残らず電話をかけたけれど、誰も彼女の居場所を知りませんでした。大森小は一学年当たり十人前後の極小規模校です。交友関係を把握して、その全員に連絡を取ることは充分可能だったはず。それにもかかわらず見つからなかったということは、絢香ちゃんが普段からあの廃屋で一人で遊んでいたことは、やはり誰も知らなかったということです。宇喜さん。ただ一人、あなたを除いては」

――絢香ちゃん、あの廃屋を秘密基地にして遊んでたんじゃないかな。

――俺の家、絢香ちゃんちとは近所なんだけど、何回か見かけたことあるから。

宇喜は私たちが聞き込みをした際に、そう証言している。

そして、

「あなたもまた、防災無線で成田智雄が逃走中であることを知った、と言っていました。そのとき絢香ちゃんがあの廃屋で遊んでいるかもしれないと考えた。だから、あの廃屋に向かったんですね。そしてそこには逃走中の成田智雄が潜伏していた」

うん、と宇喜は隠す様子もなく頷いた。

「廃屋に入る前に、足跡とかで中に誰かいるなっていうのはわかったんだ。まあ絢香ちゃんはいなさそうだったから放っとこうかなとも思ったんだけど、俺が帰ったあとで、入れ違いに絢香ちゃんが来ちゃう可能性もあるなと思って。まあ、結果的にはやっといてよかったよ。まさかあいつより先に絢香ちゃんが来てて、見つからないように隠れてたなんて思わなかったからさ」

たしかに、そのおかげで絢香は命を救われたかもしれない。けれど引き換えに、心に大きな傷を負うことになってしまった。

「……どうして殺すんです？」

私は額を拭いながら訊いた。もう半歩下がる。

「絢香ちゃんへの害を取り除くのなら、当人に注意するのでも、警察に通報するのでもいいはずです」

「あれ？　全部わかってるんじゃなかったの？」

「そのつもりです。それでも、どうしてもうまく信じられないので」

返事までには、ほんの少し間があった。ただそれは答えられないのではなく、相手が答えを理解できるかどうかを心配しているような、さしずめ子供に質問されたものの、普通に答えて通じるのだろうか、と親が迷っているような、そんな間だった。

やがて彼はいささか倦んだような声音で言った。

「――俺だってさ、本当はこんな面倒なことしたくないよ」

私は、緊張で喉が干上がるのを感じた。

殺人を、面倒だ、と彼は言った。

つまり彼にとって人を殺すということは、気が進むか進まないかという、ただその程度のことでしかないのだ。

このあまりにも異常な心理の正体に、私は気づいていた。他ならぬこれまでの彼の言葉の中に、その答えがあったからだ。

私の考えを裏付けるように、宇喜はあっさりと続けた。

「けどさ、あいつらは雑草なんだよ」

鋭い鎌で肩を叩く。

「俺の畑に紛れ込んだ雑草。だから、刈る。それがどうしていけないことなのか、俺にはわかんないんだよな」

ああ。

やはりそうなのだ。

——ま、自分の畑で作物を育てて収穫するのが、俺の生き甲斐だからね。

以前そう言ったときの彼の口振りを、私は憶えている。本当に何気ない平和な一言で、だから気にも留めなかった。まさかそれが、こんな恐ろしい意味を内包しているとは夢にも思わずに。

宇喜の自宅は、絢香の自宅の近所だという。

宇喜洋司にとって、自らの周囲は自分の畑であり、子供はそこで育つ作物なのだ。そして、それらに害を為す者は雑草でしかない。

だからこそ、彼はそれを躊躇いなく刈ることができる。殺人ではなく雑草の除去。自身の行為が道徳やモラルに悖(もと)るものだという意識はまるでなく、せいぜい面倒な仕事というだけでしかないから——。

そして。

──日当たり悪い場所だから土作りに使ってんの。そこに、畑から刈った雑草を捨てに。

──ああ、雑草って肥料になるから。

「……あなたは、刈った雑草は土の肥料にする。成田智雄の皮膚を剝いだのは、そのためですね」

生ごみを微生物に分解させて堆肥にする、コンポストという土の作り方があることは有名だ。

けれどその際、魚や鶏肉に付いている骨はなかなか分解されないため、取り除かなくてはならない。

そう。

殺害した成田智雄を土に埋めて肥料にするために、宇喜は、その遺体から骨を取り除こうと皮を剝いだのだ。雑草を刈ったら肥料にする。そのために邪魔なものは取り除く。彼にとってその行為は至極当たり前のことなのだ。

これまでに失踪した坪井永介、樋代直行、和倉流星の三人も間違いなく宇喜の手にかかったあと、同じように遺体から骨を取り除かれ、ここに埋められて肥料にされたのだろう。骨は、もっと奥深い山中にでも埋められ、遺棄されたのだろうか。

「まあね。けど、まさかあの場に絢香ちゃんが隠れてたとは思わなくてさあ。怖がらせちゃって、本当に申し訳なかったよ」

それもまた、彼は本気で言ってるのだ。

「ただ、俺にとってはそういうものだから、どうしようもないんだ」

決して相容れない、決定的に食い違ってしまった彼に、それでも私は言葉を投げかける。おそらく、これが最後の問答になる。私はそう直感していた。

「……宇喜さん。あなたは、絢香ちゃんをどうするつもりなんですか？」

――心配してるのよ。ここいらの子供は、そこに住む皆の子供みたいなものなんだから。

紀代乃はそう言っていた。

子供は家族だけでなく地域一帯で育てるという意識があり、それが思い余っての行動だというのなら、私も納得こそできなくとも理解はできただろう。

けれど、

「もちろん食べるよ」

「――――」

一切の気負いなく投げ返された彼の言葉に、私は今度こそ絶句した。

収穫した作物は、食べる。当然だ。彼にとって、それは当然のことなのだ。

目の前の彼との距離は、ほんの三メートル程度しかない。けれど今はその何でもないはずの距離が、惑星同士の隔たりほどにも遠く感じられた。

「本当はもう少し大きく育てたかったんだけどね。……こうなっちゃったら、もういいか」

彼の言葉が、かすかに熱と湿り気を帯びた。

私はこめかみを引き絞られるような危機感を覚えながら、腹に力を込め、言う。

「……もう一度言います、宇喜さん。警察に出頭してください」

ややあって、

「……氷膳さん、やっぱり刑事のほうが不思議としっくり来るわ」

そんな声が聞こえたのと同時に、宇喜はこちらに突っ込んできた。降りしきる雨の中、ゴム長靴で泥のはねを飛ばしながら躍りかかってきて、鎌を横に薙ぐ。

その襲撃を、私はもちろん読んでいた。身体を沈める予備動作が丸わかりだったし、見切るだけの距離も充分にあったからだ。けれど鎌の一振りをかわすことはできたものの、反撃することは到底叶わなかった。これだけ視界が悪く、足元までぬかるんでいては、とても間合いが測れないし、タイミングを合わせることもできない。

やはりここではだめだ。

すぐにそう判断した私は踵を返し、さらに奥の林のほうへと走った。振り返らずとも宇喜が追ってくるのはわかった。平時ならまだしも、この地面のコンディションではおそらく相手のほうが速い。このままではいずれ追いつかれる。

私は躊躇わず、そのまま真っ暗な林へと突っ込んだ。濃い闇が広がる中、たちまち足元でのたくる木の根に引っかかって転びそうになったけれど、なんとか踏みとどまってこらえる。

辺りに生えていたのは杉だった。針葉の傘に頭上を遮られ、ほんのわずかに雨音が遠のく。

私は身を翻して杉の木に背中を預けると、荒くなる呼吸と鼓動を必死になだめた。証拠を置いていけないので、逃げることはできない。けれど、応援も望めない。である以上、私がこの場で宇喜を取り押さえるしかない。

けれど、できるだろうか。正面切ってのやり合いで分が悪いのは、すでに試した通りだ。先ほどまでより雨音が静まった分、多少気配は気取りやすくなったものの、有利な材料はせいぜいその程度だ。せめて警棒があれば宇喜の凶器と渡り合うこともできたけれど、今や絵に描いた餅でしかない。

その一方で、心の裡から、いや、という思いが湧き上がってくる。

それでも、手はある。

なぜなら、この状況を逆転させる手がかりを、私はすでに阿良谷博士から受け取っているからだ。

残る必要なもの――それは、ほんのわずかな運と、私の覚悟だけでしかない。

息を吸って、吐く。

もう一度だけ時間を使って冷静さを取り戻した私は、集中し、じっと耳を澄ました。

雨音が紛れてわかりにくいけれど、林の中から足音は聞こえない。おそらく宇喜も木の陰に潜んで、こちらの居所を探っているのだろう。

私は意を決し、二歩ほど前に歩み出て大きな声を出した。

「宇喜さん、もう一度言います！　警察に出頭してください！」

少し待っても返事はない。

けれど、それも想定内だった。

自分がどれだけ無防備であるかはもちろん自覚している。みすみすこちらの居所を教えているのだから当然だ。それでも私は呼びかけを繰り返した。

「これ以上、罪を重ねないでください！」

もちろん宇喜は、私の説得に耳を傾けることなどしないだろう。なぜなら彼は、躊躇なく私の命を狙ってきた。つまり彼にとって、私もまた雑草でしかなくなったのだから。

けれど。

それこそが私の狙いだった。

すぐ背後で泥を踏む音がする。はっとした私が振り向こうとするのと、電光石火で伸びてきた手がこちらの髪をつかんだのは同時だった。ものすごい力で乱暴に髪を引っ張られ、頭皮に痛みが走る。

そして、再び空を裂く、あの不吉な音がした。

暗闇に、熱い血が散った。

4.

わざわざ喉を切り裂くという殺し方にも、必ず何か意味がある。

阿良谷博士はそう分析していた。接見時にはその答えを不明だと保留していたけれど、今やそれも明らかだ。

宇喜にとって、これは雑草を刈っているだけ。

だからその作業と同じように、髪をつかみ、根元に当たる首の部分を切っている。

その結果が、あの奇妙な殺し方の正体だ。

だからこそ、私はそれを利用して、誘い込むことにした。

蓮室大哉を取り押さえるときに実践したのと同じやり方だ。刃物を持った相手には、決して自分から仕掛けてはいけない。一番の対処法は逃げること。けれど、それが叶わないときは相手の出方をよく見て、あえて隙を見せ、こちらの罠に誘い込むこと。

そして、たとえどんな鋭利な刃物であれ、必ず首に来るとわかっていれば、致命傷を防ぐことは充分できる。

もちろん、宇喜が気まぐれを起こして首以外の部位を狙うかもしれないという危険性はあった。けれどそれも、阿良谷博士の分析の確度を考慮すれば、充分以上に勝算の高い賭けだった。

快楽殺人者は意図的に手口を変えることができない。

彼の中で私が雑草となった以上、これだけ無防備な隙をさらせば、狙ってくるのはこの首以外にあり得ないはずだ。

ただ警棒を失った今、多少の手傷を負うことは避けられない。だからあとは、その痛みを私の覚悟が上回れるかどうかだ。

「……っ」

私の首筋を狙って振るわれた鎌は、寸前で防御した私の左前腕を、ざくり、という身の毛のよだつような感触とともに、深く切り裂いた。ブラウスの袖が裂け、その下の皮膚から鮮血と、叫び出したくなるほどの激痛がほとばしる。

それでもこの一瞬が、最初で最後の機会だ。

砕けるほど奥歯を噛み締めて痛みに耐えながら、私は右手を伸ばした。驚きに目を見開く宇喜の胸倉をつかみ、その鼻面へ思い切り額を叩き込む。

「がっ」

私の髪をつかむ手がゆるんだ。宇喜はたまらず距離を取り、闇雲に刃を振るおうとする。けれど彼が半歩後ずさる間に、私は一歩を詰めていた。ほとんど相手と密着したこの状態なら、ナイフならともかく鎌で致命傷はもらわない。反対に、私はたとえ目をつむっていたところで当てられる！

胸倉を引っ張りながら、怪我をした左腕の肘を振り上げ、宇喜のあごを真下から打ち上げた。何かが砕けるような感触とともに宇喜の上体が跳ね上がる。同時に、私の左大腿部に重い激痛が走った。宇喜の鎌の刃が刺さったらしい。最後の気力を振り絞ってそれに耐えながら、再び宇喜の胸倉をつかんでこちらに引き戻し、肘を打ち込む。ここで絶対に終わらせる。私は声なき咆哮(ほうこう)を上げた。

けれど。

再度上体を跳ね上げた宇喜の膝が、折れた。糸の切れた人形のように、その場に崩れ落ちる。

私はしばし立ち尽くしたまま、ただただそれを見下ろしていた。

雨の中、自分の呼吸と心臓の音だけが聞こえた。

どれぐらい放心していたのだろう。やがて強い痛みが左腕と大腿に走り、うめきながら我に返った。たちまちよろめくようにしゃがみ込んでしまう。

それでも歯を食いしばりながら、倒れた宇喜の後ろ手に用意してきた手錠をかけた。

蓮室大哉のときと違って、今度はちゃんと携帯していてよかった。

なんとかそれをやり終えたところで、けれど私は膝にうまく力が入らないことに気づいた。無茶な体勢からの一撃だったので、大腿部の怪我はおそらくさほどではないはずだ。ただ左腕のほうはずっと痺れているような感じで、痛み以外にまともな感覚がなかった。暗いせいでよくわからないけれど、右手で負傷箇所を押さえると、手のひらすべてにぬるりとした感触が返ってくる。さっきまでの放心といい、出血と体力の低下で、心と身体に急速にブレーキがかかり始めている。

……これは、想像以上にまずいかもしれない。

早く応援を呼ばないと。けれど、スマートフォンは破壊されてしまったから、歩いて集落まで向かわなくてはならない。

腹に力を入れ、なんとか立ち上がろうとする。けれど左大腿部に痛みが走り、その拍子にずるりと足がすべった。まともに受け身も取れず、ぬかるんだ地面に顔から突っ込んでしまう。口の中に泥の塊と砂粒、ついでに小枝が入り、横倒しになったまままらず吐き出した。

左腕と大腿の痛みは、引くどころか強くなるばかりだ。……さあ、もう充分休んだし、そろそろ行かなくては。そう思うのに、けれど手も足も動かない。全身を包む泥は温かく、背中を叩く雨はひんやりとして、だんだん心地よく感じられてくる。ああ、まぶたも重い。もう少し、あと少しだけこのままで。そんな身体の本音に、意志が屈服しかかったときだった。

ふと、何か聞こえた。

声だ。

雨音にまじり、誰かの声が聞こえてくる。

「……い、どこだ！　返事を……！」

たちまち離れていきそうになる意識を必死で繫ぎ止め、まぶたを開ける。

主任？

間違いない。仙波主任の声だ。

「……ここです」

地べたに這いつくばったまま己に鞭を入れ、顔を上げた。

「……ここに、います！」

今度はまともな声が出た。

すると、ややあってからライトの光とともに、荒々しい足音がこちらへ近づいてきた。

「おい、しっかりしろ！」

林の中に入ってきたのは、やはり仙波主任だった。地べたに転がった私を見つけると、すぐに抱え起こし、木を背にして座らせてくれた。そばに倒れていた宇喜の様子を検分し、ひとまず放っておいて大丈夫だと判断したらしい。私のほうに戻ってくると、差していた傘をこちらによこして言った。

「電話が通じねえからもしやと思って来てみたが……ひでえザマだな」

返す言葉もありません、と言おうとしたけれど、本当に言葉が出なかった。けれど、リスクがあるからと単独行動を取った私のために、そのリスクを度外視してここまで来てくれたことが何よりもありがたかった。

「しゃべれないなら指で差せ。どこをやられた」

私にそう訊きながら、仙波主任はスマートフォンを取り出して救急車を呼んでいた。そのやりとりを耳にしながら、私は自分の意識が一気にまどろみへと落ちていくのを感じた。ぼろぼろになった精神と身体が、とにかく一刻も早い休息を欲しているのがわかった。

「おい、寝るな！　起きろ！」

簡潔に怒鳴られながら、私は、ああそうだ、これだけは伝えなくては、と思う。

……仙波主任。蓮室大哉の殺人を立証するための証拠のピアスが、あっちに落ちている私のバックパックの中にあります。

「あ？　なんだ⁉　何が言いたい！」

けれど、口を開いても、もはや声が出なかった。仙波主任の怒鳴り声もだんだん遠くなっていく。

……すみません、主任。あとは、お任せします。

先ほどまでよりもどこか温かく感じられるようになった雨に打たれながら、たしかにやり遂げたというささやかな満足感とともに、私は意識を手放した。

エピローグ

私が意識を取り戻したのは、それから丸一日以上が経った六月二十日のことだった。左大腿部の刺創は、やはり予想通り大したものではなかった。ただ左前腕部の切創が、思った以上に深かったらしい。手術の末、搬送先の青梅総合病院にそのまま入院することになった。樋代絢香の事情聴取に行ったときには、まさか自分がそこに入院することになろうとは夢にも思わなかった。

宇喜洋司はあの夜のうちに傷害と公務執行妨害の容疑で緊急逮捕されたそうだ。そのせいで、奥多摩署の捜査本部は大わらわだったという。

私は目が覚めたのとほとんど同時に――医師は反対したけれど、強面(こわもて)の刑事たちが押し切ったらしい――病室で綿貫係長率いる六係の聴取を受け、どうやって宇喜洋司にたどり着いたのかを説明した。まだ意識は半ば朦朧(もうろう)としていたけれど、なんとか事前の想定通りにやり切れたと思う。ただ私の話を聞いた彼らは、一様に渋面を作っていたけれど。

宇喜は成田智雄の殺害について、全面的に自供しているそうだ。私が成田智雄の右耳を見つけた一角からは思った通り、遺体から剝ぎ取られたもう片方の左耳と鼻、そして頭部と頸部の皮膚が掘り出されたらしい。諸々の裏を取った上で、宇喜は改めて殺人及び遺体損壊・遺棄の容疑で再逮捕されるだろう。ただ、その異常な動機に関してだけはそもそも信用するべきなのか、信用するとすれば公表すべきか否か、捜査本部も頭を抱えているという。

一方で、坪井永介、樋代直行、和倉流星の三人の殺害については、頑として認めていないそうだ。

以前、阿良谷博士も言っていた。快楽殺人者は罪から逃れるためならいくらでも嘘をつく、と。合わせて四人を殺害したとなれば死刑は固い。けれど、一人だけなら無期懲役を勝ち取れる可能性はある。

失踪した三人の死を明らかにするための捜査は、今後も続くのだ。

一刻も早く復帰して、私もそれに加わらなければ——病室のベッドから天井を見上げながら、私はそう思った。

その翌日、意外な見舞い客が病室を訪れてくれた。安藤紀代乃、そして樋代倫子と絢香の母娘だった。

「偶然そこで会ったのよ」

いろいろと救われない事件であり、特に普段から顔を合わせていた宇喜が犯人だったというショックもあってか、紀代乃の表情はお世辞にも優れているとは言い難かった。

それでも、私の怪我の具合をあれこれと心配してくれたあと、

「……ま、とんでもないことになっちゃったけど、私たちはなんとかやってくしかないのよね」

「……はい」

自分自身を励まそうとするようなその一言に、私は頷いた。

無言で頭を下げる樋代倫子の隣で、絢香がこちらを見上げている。倫子いわく、ここ数日は絢香も自宅で落ち着いた様子を見せているらしい。私が小首をかしげてみせると、絢香はどこかくすぐったそうな様子で、包帯が巻かれた私の左腕をちらちらと見やっている。彼女の地の活発さが戻るまで、まだ時間はかかりそうだけれど、それでも――。

たしかに、いろいろと救われない事件だった。

それでも、たしかに救えたものもあった。私は、ようやくそんな気になれた。

さらにその翌日の午前中、仙波主任が病室を訪れた。

「……奥多摩から引き揚げる前に、面でも拝んでやろうと思ってな」

私も、助けてもらったお礼を言いたかったのでありがたかった。改めて感謝を告げると、主任は無言のままパイプ椅子にどかりと腰かけた。腕と足を組み、おもむろに口を開く。それは私の勘違いでなければ、まるで返礼のように聞こえた。

「昨日、ようやく蓮室大哉が落ちた」

私が山中から掘り出したピアスは、やはり池袋の強殺犯が落としていったものと一致したらしい。

さらに防犯カメラに映っていた映像や、ピアスを付けていた耳がDNA鑑定で成田智雄のものだと断定されたことなどの証拠をあわせて突き付けたところ、蓮室大哉もとうとう観念したそうだ。検察は、近く蓮室大哉を殺人罪で起訴する予定らしい。

ちなみにDNA型の鑑定には通常二日はかかる。蓮室大哉が落ちたのが昨日なら、それは鑑定結果がわかってからすぐに、ということになる。

おそらく仙波主任が、あらかじめその辺りで結果がわかるので蓮室大哉を落とす準備をしておくよう、検察に渡りを付けておいたのだろう。相変わらずの豪腕ぶりだ。

成田智雄を死なせてしまった私たちの失態が、これで少しは挽回(ばんかい)できたのであればいいけれど。

仙波主任は包帯が巻かれた私の左腕を見て、

「どうなんだ、怪我の具合は。今度こそ再起不能か」

「いえ。おかげさまで、まだなんとかやれそうです」

医師いわく、私がもらった鎌の一撃は、その一部が骨にまで達していたらしい。それでも幸い神経や動脈に傷はついていなかった。感染症予防に山ほど薬を処方され、リハビリにも少し時間がかかるものの、おそらく後遺症はないだろうとのことだ。

私は以前、犯人を憎めない自分自身に警察官として引け目を感じていた。今はそれほどではないものの、やはり職務上の危険や怪我はそれを解消してくれるようで、歓迎はしないまでも悪くないものに思えてしまう。我ながら命がいくつあっても足りない性質だけれど、もはやどうしようもなかった。

仙波主任は鼻を鳴らし、

「――で、これからどうするつもりだ」

端的な質問が何を意図したものかは、もちろん察しがついた。おそらくこれを訊きに、わざわざ病室まで来てくれたのだということも。

私は言った。

「無能は絶対に出世できないけれど、できる人間は放っておいても這い上がってくる。そういう仕組みになっているのが、警察を気に入っているところだ。主任は以前、私にそう言ってくれました」

主任は目を細めたまま無言だった。憶えているという肯定とそれを捉え、続ける。

「自分ができる人間かどうかはわかりません。ただ警察が本当にそういうところなら、私もそうと信じて、引き続き成果を出せるよう努めるだけです。——幸い、今回はそう大きなお咎(とが)めもなさそうなので」

そう。

死刑囚に捜査情報を流し、単独行動で他人の土地を掘り返して犯人と接触、大立ち回りを演じたにもかかわらず、今回ばかりは私への処分も軽いもので済みそうだった。

一つ目の理由は、阿良谷博士との接見のことを隠し通すことができたから。

二つ目の理由は、あらかじめ保険をかけておいたからだ。

前日に宇喜と紀代乃にかけた電話——あれで私は二人に、それぞれの土地の土を掘らせてほしい、と許可をもらっていた。

ただ宇喜にだけは、時間と場所を違えて伝えていた。紀代乃にも同じ許可をもらったのは、いざというとき、たしかにそういう約束があったことを第三者として証言してもらうためだ。もし勝手に土地を掘り返せば、後々捜査の違法性を盾に取られて、裁判で不利になる可能性がある。けれどあらかじめ約束を取り付けておけば、多少強引でも、時間と場所については偶然間違えた、と言い訳が立つ。結局こちらの思惑を勘付かれ、現場に駆けつけられてしまったけれど、ひとまず目的を果たすには充分な時間を稼ぐことができた。限りなく黒に近いグレーなやり方なので、あまり大っぴらには言えないけれど。

「は、一体どこでそんな狡い立ち回りを覚えやがった」

「きっと主任の薫陶のおかげじゃないでしょうか」

さすがに気取りすぎかと思わないでもなかったけれど、決して大袈裟に言ったわけでもない。捜査の収穫をきっちり自分の手柄として収めてこそ本物の刑事。そんな主任の考え方に、私が影響を受けているのは間違いないからだ。

今回はなんとかプラス収支（だと思う）になったものの、今後、小此木課長からはこれまで以上に目の敵にされるだろう。神崎巡査部長をはじめとする刑事課の同僚たちも、おそらく都合よく味方にはなってくれない。仙波主任が垂らしてくれた蜘蛛の糸も自ら手放してしまい、もはや何の足がかりすらもなくなってしまった。

それでも、私は刑事だ。

だからこそ今回と同じように、すべての雪辱は捜査で果たそう。

そしてもう一度、少しでも多くの事件の捜査に加われるように、また一つでも多くの成果を挙げよう。

改めて、そう心に決めていた。

私の覚悟のほどを量るように、細めた目でじっとこちらを見つめていた仙波主任は、

「……いいだろう」

やがて椅子から腰を上げ、言った。

「退院したら、きっちり運転を練習しとけよ。二度とあんな危なっかしいモンに乗せられるのはごめんだからな」

「はい」

そう返事をした私だけれど、ややあってから小首をかしげた。事件認知数の極端に少ない奥多摩署管内で、そうそう同じような事件が発生するとは思えない。そうなると今後、仙波主任が私の運転する車に乗る機会などあるのだろうか。

意味を捉えあぐねて目で問う私に、

「……肝心なところで鈍さを発揮するな」

と、私をにらんで言った。

「勘のよさと頑丈さはそれなりだ。そんなに捜査がしたきゃ、俺がせいぜい鉄砲玉としてこき使ってやる」

「え」

目を見開く。けれど己惚(うぬぼ)れなどでは決してなく、主任の言わんとするところは明らかだった。私を本庁捜査一課の自分の班へ拾い上げる——そう言っているのだ。

「ですけど」

「何度も言わせんな」

私の反論を封じるように、主任はぴしゃりと言った。

「使えるものは何だって使う。それが俺のやり方だ」

すぐには言葉が出てこなかった。驚きと戸惑いと感謝が内心でないまぜになる。けれど仙波主任は、そんな私の甘さを消し飛ばすようにこう続けた。

「言っとくが、生半可じゃ務まらんぞ。自信がないなら今すぐそう言え。撤回してやる」

長年そこで修羅場をくぐってきた主任の目つきは、これ以上ないほど鋭く研ぎ澄まされており、その言葉が紛れもなく真実であることを物語っていた。

おそらく私の想像のはるか上を行く苛烈な場所なのだろう。やっぱりやめておけばよかった。そう思うこともあるかもしれない。

それでも、

「――いえ」

私は主任をまっすぐに見つめ、言った。

「必ず、お役に立ってみせます」

仙波主任は鼻を鳴らすと、

「……使えねえと思ったら、すぐに放り出すからな」

いつかも聞いた言葉を残し、くるりと踵を返して病室を出ていく。

私はそんな主任の背中に、無言で頭を下げた。

午後になると、それと入れ替わるように、今度は阿良谷博士の弁護士である宝田久徳が病室に顔を見せた。

時候の挨拶や怪我の具合についてのやりとりをしたあと、彼は薄い笑みを浮かべて言った。

「阿良谷には私から事の顛末だけ伝えましたが、退院したら、ぜひ氷膳さんにも報告にお越しいただけると助かります」

もとよりそのつもりだった。事件解決後には直接報告をする。それが私と博士の取引の一つだからだ。

「阿良谷博士の様子はどうですか？」

「良好ですよ。かつてないぐらいに」

思わず目をしばたたかせた。非常に想像しにくい光景だったからだ。一瞬、それは本当に私の知る博士の話なのだろうか、と疑ってしまう。

おそらく私がそんなリアクションをすることを見越していたのだろう。宝田は、期待通りのものが見られた、とばかりに眼鏡の奥の目を細め、

「――失礼。いえ、傍目には特に変わってはいません。相変わらず仏頂面をぶら下げて

います。ああ、ひとまず資料の読み込みは再開したようですが。ただ阿良谷いわく、今回の犯人のパーソナリティはかなり興味深いそうです。人間の遺体を肥料にするという発想は〝堆肥葬〟といって、欧米の一部ですでに実践されているそうなのですが」

「そうなんですか？」

「ええ。ただ犯人はそのことを知っていたのか、もし知らなかったのなら、一体どんな思考の過程を経てそこにたどり着いたのか。今後はその犯人の情報を残らずよこすように、とのことです」

――この事件は、これまで知られていない動機や衝動に根差した殺人である可能性が著しく高い。

接見時、阿良谷博士はそんなふうに言っていた。その分析通り、どうやら今回の事件の情報は、博士の研究にも少なからず寄与する可能性があるらしい。だとすれば、文字通り研究こそがすべての博士にとってこれ以上ない収穫だろう。態度が良くなるのもおおいに頷けた。

「これで阿良谷もしばらくは大人しくしているでしょう。社会の混乱と私の過労死も、あなたのおかげでひとまずは回避されたわけです。今後とも怪物にお付き合いくださるよう、どうかよろしくお願いします。氷膳さん」

今回の事件で改めてわかった。

阿良谷博士のプロファイリングによって、私はこれまでの警察の捜査手法の外にいた犯人を追い詰め、さらには土壇場で自らの命を救うことまでできた。

私の目的のためには、阿良谷博士の力が必要だ。

そして、博士にとっても私がそうだというのなら。

「――こちらこそ望むところです」

私は博士の理解者であり、共犯者になれる、と宝田は言った。それが本当かどうかはわからない。ただこの先、行けるところまで行こうと思う。博士と私、それぞれ一人では行けないところも、二人でなら行けるだろうから。

それだけは、きっと間違いないはずだ。

あとがき

自分の切った爪や剝がした皮を集めてとっておくのが好き、という知人がいます。「……ええ、なにそれ。某漫画のキャラの話？」と思わず突っ込みたくなる癖ですが、他の知人に何気なくその話をしてみたところ、「ああ、案外そういう人って多いらしいよ」とあっさり返事をされて二度びっくり。己の見識の狭さを思い知らされたわけですが、ちょっとおもしろかったので、一体なぜそういったものが好きなのか、改めて当人にヒアリングしてみました。するとどうやら、「それらは自分の一部だから」ということになるようです。知人は自分のことが好きで、「だから、自分の一部である爪や皮も好き」という、いわば最高クラスの自己肯定の発露だったわけです。そこでふと我が身を顧みて、あ、と気づかされました。なぜならそれは、作家が自著の登場人物を愛することに似ていたからです。登場人物とは著者の一部であり、いわば自らべりべり剝がした心の皮から生まれたようなものじゃありませんか。ははあ、と深く感じ入りました。案外世の中こんな具合に、一見奇異に思えても、話を聞けばすんなり理解できることが多いのかもしれません。とはいえ、逆もまた真なり。一見人畜無害そうで、けれど他人にはまるで理解不能な動機で行われていることも、きっと少なからずあるのだと思います。

前巻では遺体から臓器を抜き取る殺人犯を追いながら、警察組織の軋轢(あつれき)に巻き込まれた本作の主人公・氷膳莉花(ひぜんりか)ですが、今巻ではますますひどい目に遭います。そのさなかに発生する陰惨かつ奇妙な猟奇犯罪。はたしてその謎を解き、犯人を捕らえて事件を解決できるのか？　帰ってきた彼女や彼とともに、読者の皆さんもぜひ真相を追いかけてください。

本作を上梓(じょうし)するにあたっては、多くの方からのお力添えをいただきました。担当編集氏をはじめとする、すべての方々にお礼を申し上げます。

そしてもちろん誰よりも、本作をお手に取ってくださった親愛なる読者の皆様に、心からの感謝を捧(ささ)げます。大変な世相が続いていますが、拙作が共に生きる活力になればと願ってやみません。

——それでは機会があればまたいずれ、次なる事件でお目にかかれますように。

二〇二一年四月　久住四季(くずみしき)

<初出>

本書は書き下ろしです。

メディアワークス文庫

異常心理犯罪捜査官・氷膳莉花
剝皮の獣

久住四季

2021年6月25日　初版発行
2024年11月30日　再版発行

発行者　山下直久
発行　株式会社KADOKAWA
〒102-8177　東京都千代田区富士見2-13-3
0570-002-301（ナビダイヤル）
装丁者　渡辺宏一（有限会社ニイナナニイゴオ）
印刷　株式会社KADOKAWA
製本　株式会社KADOKAWA

●お問い合わせ
https://www.kadokawa.co.jp/（「お問い合わせ」へお進みください）
※内容によっては、お答えできない場合があります。
※サポートは日本国内のみとさせていただきます。
※Japanese text only

※定価はカバーに表示してあります。

Printed in Japan
ISBN978-4-04-913778-1 C0193

メディアワークス文庫　https://mwbunko.com/

本書に対するご意見、ご感想をお寄せください。

あて先
〒102-8177　東京都千代田区富士見2-13-3
メディアワークス文庫編集部
「久住四季先生」係

異常心理犯罪捜査官・氷膳莉花
怪物のささやき

久住四季

猟奇犯罪を追うのは、異端の若き
犯罪心理学者×冷静すぎる新人女性刑事！

都内で女性の連続殺人事件が発生。異様なことに死体の腹部は切り裂かれ、臓器が丸ごと欠損していた。

捜査は難航。指揮を執る皆川管理官は、所轄の新人刑事・氷膳莉花に密命を下す。それはある青年の助言を得ること。阿良谷静——異名は怪物。犯罪心理学の若き准教授として教鞭を執る傍ら、数々の凶悪犯罪を計画。死刑判決を受けたいわくつきの人物だ。

阿良谷の鋭い分析と莉花の大胆な行動力で、二人は不気味な犯人へと迫る。最後にたどり着く驚愕の真相とは？

メディアワークス文庫

強烈なラストに必ず驚き、もう一度読み返さずにいられない！

名門城翠大学を舞台に繰り広げられる殺人予告ゲーム。快刀乱麻を断つのは風変わりな青年教授とその助手のぼく？　二転三転、驚愕のラストに読み直さずにはいられない。推理小説を象った魔術師の物語が加筆改稿され復刊！

推理作家（僕）が探偵と暮らすわけ

久住四季

変人の美形探偵&生真面目な作家、
二人の痛快ミステリは実話だった!?

彼ほど個性的な人間にお目にかかったことはない。同居人の凜堂である。人目を惹く美貌ながら、生活破綻者。極めつけはその仕事で、難事件解決専門の探偵だと嘯くのだ。

僕は駆け出しの推理作家だが、まさか本物の探偵に出会うとは。行動は自由奔放。奇妙な言動には唖然とさせられる。だがその驚愕の推理ときたら、とびきり最高なのだ。

これは「事実は小説より奇なり」を地でいく話だ。なにせ小説家の僕が言うのだから間違いない。では僕の書く探偵物語、ご一読いただこう。

怪盗の後継者

久住四季

怪盗の後継者
Shiki Quzumi
久住四季
He will follow in the Phantom thief's footsteps.
メディアワークス文庫

昼は凡人、でも夜は怪盗——鮮やかな
盗みのトリックに驚愕！　痛快ミステリ。

「君には才能がある、一流の泥棒になってみないかい？」

　謎多き美貌の青年、嵐崎の驚くべき勧誘。なんと生き別れの父が大怪盗であり、自分はその後継者だというのだ。

　かくして平凡な大学生だった因幡の人生は大きく変わっていく。嵐崎の標的は政界の大物。そして因幡の父をはめた男。そんな相手に、嵐崎は不可能に近い盗みを仕掛けようとしていた——。

　スリルと興奮の大仕事の結末は⁉　華麗なる盗みのトリックに、貴方はきっと騙される！　痛快、怪盗ミステリ。